畢飛宇

Fiction Reading

小說課

目錄

看蒼山綿延，聽波濤洶湧

——讀蒲松齡〈促織〉

一

我們今天要談的是短篇小說〈促織〉。

宣德間，宮中尚促織之戲，歲徵民間。此物故非西產；有華陰令欲媚上官，以一頭進，試使鬥而才，因責常供。令以責之里正。市中游俠兒，得佳者籠養之，昂其直，居為奇貨。里胥猾黠，假此科斂丁口，每責一頭，輒傾數家之產。

邑有成名者，操童子業，久不售。為人迂訥，遂為猾胥報充里正役，百計營謀不能脫。不終歲，薄產累盡。會徵促織，成不敢斂戶口，而又無所賠償，憂悶欲死。妻曰：「死何裨益？不如自行搜覓，冀有萬一之得。」成然之。早出暮歸，提竹筒、銅絲籠，於敗堵叢草處，探石發穴，靡計不施，迄無濟。即捕得三兩頭，又劣弱不中於款。宰嚴限追比，旬餘，杖至百，兩股間膿血流離，並蟲亦不能行捉矣。轉側床頭，惟思自盡。

時村中來一駝背巫，能以神卜。成妻具貲詣問。見紅女白婆，填塞門戶。入其舍，則密室垂簾，簾外設香几。問者爇香於鼎，再拜。巫從傍望空代祝，唇吻翕闢，不知何詞。各各竦立以聽。少間，簾內擲一紙出，即道人意中事，無毫髮爽。成妻納錢案上，焚拜如前人。食頃，簾動，片紙拋落。拾視之，非字而畫：中繪殿閣，類蘭若；後小山下，怪石亂臥，針針叢棘，青麻頭伏焉；旁一蟆，若將跳舞。展玩不可曉。然睹促織，隱中胸懷。折藏之，歸以示成。

成反復自念，得無教我獵蟲所耶？細瞻景狀，與村東大佛閣逼似。乃強起，扶杖執圖詣寺後，有古陵蔚起。循陵而走，見蹲石鱗鱗，儼然類畫。遂於蒿萊中側聽徐行，似尋針芥。而心目耳力俱窮，絕無蹤響。冥搜未已，一癩頭蟆猝然躍去。成益愕，急逐趁之，蟆入草間。躡跡披求，見有蟲伏棘根。遽撲之，入石穴中。掭以尖草，不出；以筒水灌之，始出，狀極俊健。逐而得之。審視，巨身修尾，青項金翅。大喜，籠歸，舉家慶賀，雖連城拱璧不啻也。上於盆而養之，蟹白栗黃，備極護愛，留待限期，以塞官責。

成有子九歲，窺父不在，竊發盆。蟲躍擲逕出，迅不可捉。及撲入手，已股落腹裂，斯須就斃。兒懼，啼告母。母聞之，面色灰死，大驚曰：「業根，死期至矣！而翁歸，自與汝覆算耳！」兒涕而出。

未幾，成歸，聞妻言，如被冰雪。怒索兒，兒渺然不知所往。既而得其屍於井，因而化怒為悲，搶呼欲絕。夫妻向隅，茅舍無煙，相對默然，不復聊賴。日將暮，取兒藁葬。近撫之，氣息惙然。喜寘榻上，半夜復甦。夫妻心稍慰，但兒神氣痴木，奄奄思睡。成顧蟋蟀籠虛，則氣斷聲吞，亦不復以兒為念，自昏達曙，目不交睫。東曦既駕，僵臥長愁。忽聞門外蟲鳴，驚起覘視，蟲宛然尚在。喜而捕之，一鳴輒躍去，行且速。覆之以掌，虛若無物；手裁舉，則又超忽而躍。急趨之，折過牆隅，迷其所往。徘徊四顧，見蟲伏壁上。審諦之，短小，黑赤色，頓非前物。成以其小，劣之。

惟彷徨瞻顧，尋所逐者。壁上小蟲忽躍落襟袖間，視之，形若土狗，梅花翅，方首，長脛，意似良。喜而收之。將獻公堂，惴惴恐不當意，思試之鬥以覘之。

村中少年好事者，馴養一蟲，自名「蟹殼青」，日與子弟角，無不勝。欲居之以為利，而高其直，亦無售者。逕造廬訪成，視成所蓄，掩口胡盧而笑。因出己蟲，納比籠中。成視之，龐然修偉，自增慚怍，不敢與較。少年固強之。顧念蓄劣物終無所用，不如拚博一笑，因合納鬥盆。小蟲伏不動，蠢若木雞。少年又大笑。試以豬鬣毛撩撥蟲鬚，仍不動。少年又笑。屢撩之，蟲暴怒，直奔，遂相騰擊，振奮作聲。俄見小蟲躍起，張尾伸鬚，直齕敵領。少年大駭，急解令休止。蟲翹然矜鳴，似報主知。成大喜。方共瞻玩，一雞瞥來，逕進以啄。成駭立愕呼，幸啄不中，蟲躍去尺有咫。雞健進，逐逼之，蟲已在爪下矣。成倉猝莫知所救，頓足失色。旋見雞伸頸擺撲，臨視，則蟲集冠上，力叮不釋。成益驚喜，掇置籠中。

翼日進宰，宰見其小，怒訶成。成述其異，宰不信。試與他蟲鬥，蟲盡靡。又試之雞，果如成言。乃賞成，獻諸撫軍。撫軍大悅，以金籠進上，細疏其能。既入宮中，舉天下所貢蝴蝶、螳螂、油利撻、青絲額一切異狀遍試之，莫出其右者。每聞琴瑟之聲，則應節而舞。益奇之。上大嘉悅，詔賜撫臣名馬衣緞。撫軍不忘所自，無何，宰以卓異聞。宰悅，免成役。又囑學使俾入邑庠。後歲餘，成子精神復舊，自言身化促織，輕捷善鬥，今始甦耳。撫軍亦厚賚成。不數年，田百頃，樓閣萬椽，牛羊蹄躈各千計；一出門，裘馬過世家焉。

異史氏曰：「天子偶用一物，未必不過此已忘；而奉行者即為定例。加以官貪吏虐，民日貼婦賣兒，更無休止。故天子一跬步，皆關民命，不可忽也。獨是成氏子以蠹貧，以促織富，裘馬揚揚。當其為里正，受扑責時，豈意其至此哉！天將以酬長厚者，遂使撫臣、令尹，並受促織恩蔭。聞之：一人飛升，仙及雞犬。信夫！」

二

這篇偉大的小說只有一千七百個字，用我們現在通行的小說標準，〈促織〉都算不上一個短篇，微型小說而已。孩子們也許會說：「偉大個頭啊，你妹呀，太短了好嗎？八條微博的體量好嗎。」

是，我同意，八條微博。可在我的眼裡，〈促織〉是一部偉大的史詩，作者所呈現出來的藝術才華足以和寫《離騷》的屈原、寫「三吏」的杜甫、寫《紅樓夢》的曹雪芹相比肩。我願意發誓，我這樣說是冷靜而克制的。

說起史詩，先說《紅樓夢》也許是比較明智的做法，它的權威性不可置疑。《紅樓夢》的恢宏、壯闊與深邃幾乎抵達了小說的極致，就小說的容量而言，它真的沒法再大了。它是從大荒山無稽崖開始寫起的，它的小說邏輯是空——色——空。依照這樣的邏輯，《紅樓夢》描寫「色」，也就是「世相」的真正開篇應當從第六回開始算起，對，也就是從〈賈寶玉初試雲雨情　劉姥姥一進榮國府〉算起。相對於《紅樓夢》的結構而言，劉姥姥這個人是關鍵，她老人家是一把鑰匙，——要知道什麼是「榮國府」，沒有劉姥姥是不行的。「護官符」上說了，「賈不假，白玉為堂金作馬」，這句話寫足了賈府的尊貴豪富。可是，對小說而言，「白玉為堂金作馬」是句空話，它毫無用處。曹雪芹作為小說的責任就在於，他把「白玉為堂金作馬」的解釋權悄悄交給了「賤人」劉姥姥。

劉姥姥是誰？一個「只靠兩畝薄田度日」的寡婦。一個人，卻有「兩畝薄田」，這樣的人無論如何也不能算作「貧農」，起碼不算最底層。好吧，一個「中農」要進榮國府了，她在榮國府的門前看見的是什麼呢？是石獅子，還有「簇簇驕馬」，也就是好幾輛藍寶堅尼和瑪莎拉蒂。——這是何等的氣派，在這樣一種咄咄逼人的氣派面前，劉姥姥能放肆麼？不能。在被「挺胸疊肚」的幾個門衛戲耍了之後，她只好繞到後街上的後門口。到了後門口，劉姥姥第一個要找的那個人是「周大娘」，這並不容易。要知道在這裡工作的「周大娘」總共有三個呢。找啊找，好不容易見到「周嫂子」了，劉姥姥這把鑰匙總算是對準了榮國府大門上的鎖孔。但劉姥姥要見的人當然不是「周嫂子」，而是王熙鳳。在這裡，曹雪芹展現了一個傑出小說家的小說能力，他安排另一個人出場了，那就是平兒。見到平兒的劉姥姥能做的只有一件事，「咂嘴念佛」，這是大事臨頭常見的緊張與亢奮。其實呢，平兒也就是一個「有些體面的丫頭」。是劉姥姥的老於世故幫了她的忙，要不然，倒頭便拜是斷乎少不了的。

接下來，鳳姐才出場。鳳姐的出現卻沒有和劉姥姥構成直接的關聯，曹雪芹是這麼寫的，「鳳姐也不接茶，也不抬頭，只管撥手爐內的灰」。這十八個字是金子一般的，很有派頭，很有個性。它描繪的是鳳姐，卻也是劉姥姥，也許還是鳳姐和劉姥姥之間的關係。這裡頭有身分與身分之間的千山萬水。它寫足了劉姥姥的卑賤、王熙鳳的地位，當然，還隱含了榮國府的大。正因為如此，第六回是這樣終結的：「劉姥姥感謝不盡，仍從後門去了。」——你看看，好作家是這麼幹活的，他的記憶力永遠都是那麼清晰，從來都不會遺忘這個「後門」。當然了，劉姥姥並沒有見著賈母，那是不可能的。她「一進榮國府」就像走機關，僅僅見到了「也不接茶，也不抬頭」的鳳姐。其實呢，鳳姐也不過就是榮國府的辦公室主任，一個中層幹部。想想吧，鳳姐的背後還有王夫人，王夫人的背後還有賈母，賈母背後還有賈政，賈政的背後還有整個四大家族，通過劉姥姥，我們看到了一個何等深邃的小說幅度與小說縱深。——什麼叫侯門深似海？——什麼叫白玉為堂金作馬？是劉姥姥的舉動讓這一切全部落到了實處。

我從不渴望紅學家們能夠同意我的說法，也就是把第六回看作《紅樓夢》的開頭，但我還是要說，在我的閱讀史上，再也沒有比這個第六回更好的小說開頭了。劉姥姥「一進」榮國府，我們這些做讀者的立即感受到了《紅樓夢》史詩般的廣博，還有史詩般的恢宏。我們看到了冰山的一角，它讓我們的內心即刻湧起了對冰山無盡的閱讀遐想。如同賈寶玉「初試」雲雨情一樣，它讓我們的內心同樣湧起了對情色世界無盡的閱讀渴望。這個開頭妙就妙在這裡，它使我們看到了並轡而行的雙駕馬車。

三

回到〈促織〉。我數了一下〈促織〉的開頭，只有八十五個字，太短小了。可是我要說，這短短小小的八十五個字和《紅樓夢》的史詩氣派相比，它一點也不遜色。我只能說，小說的格局和小說的體量沒有對等關係，只和作家的才華有關。《紅樓夢》的結構相當複雜，但是，它的硬性結構是倒金字塔，從很小的「色」開始，越寫越大，越寫越結實，越來越虛無，最終抵達了「空」。

〈促織〉則相反，它很微小，它只是描寫了一隻普通的昆蟲，但是，它卻是從大處入手的，一起手就是一個大全景：大明帝國的皇宮：宣德間，宮中尚促織之戲。相對於一千七百字的小說而言，這個開頭太大了，充滿了蹈空的危險性。但是，因為下面跟著一句「歲徵民間」，一下子就把小說從天上拽進了人間。其實，在「宣德間」宮中是不是真的「尚促織之戲」，正史上並無明確的記載。當然，現在我們都知道了，正史上之所以沒有記載，一切都因為宣德的母親。失望而又憤怒的母后有嚴令，不允許史官將「宮中之戲」寫入正史。然而，母愛往往又是無力的，它改變不了歷史。歷史從來都有兩本：一本在史官的筆下，一本類屬紅口白牙。紅口白牙有一個最基本的功能，那就是嚼舌頭。

附帶說一句，大明帝國的皇帝是很有意思的，我曾在一篇文章裡給他們起了一個綽號，我把他們叫做「搖滾青年」。

現在我有一個問題，〈促織〉這八十五個字的開頭有幾個亮點？它們是什麼？

在我看來，亮點有兩個——一個是一句話：此物故非西產；第二個是一個詞：「有華陰令欲媚上官」裡的「欲媚」。我們一個一個說。

「此物故非西產」，這句話特別好。這句話說得很明確了，既然這個地方沒有促織，那麼，小說裡有關促織的悲劇就不該發生在這個地方。

問題來了，這裡頭牽扯一個悲劇美學的問題，悲劇為什麼是悲劇，是因為無法回避。悲劇的美學基礎就在這裡，你規避不了。古希臘人為什麼要把悲劇命名為「命運悲劇」？那是因為他們對人性、神性——其實依然是人性——過於樂觀，古希臘人不像我們東方人，他們不願意相信人性——或者神性——的惡才是所有悲劇的基礎，那麼，悲劇又是如何發生的呢？一定是看不見的命運在捉弄，命運嘛，你怎麼可以逃脫。只不過這一切和我們人類自己無關，只和那隻「看不見的手」有關。所以，他們為人間的或神間的悲劇找到了一個很好的藉口——命運，也就是必然性。命運悲劇就是這麼來的。這是古希臘人最為可愛的地方。這構成了他們的文化，在我看來，文化是什麼呢？文化就是藉口。不同的人找到了不同的藉口，最終成為不同的人，最終形成了不同的文化。

那麼好吧，既然「此物故非西產」，悲劇就不該在這裡發生了。道理很簡單，鐵達尼號的悲劇不該發生在太湖，大量的愛斯基摩人中暑而亡不該發生在北極，對猶太人的種族主義滅絕也不該發生在紐西蘭。我要說，因為「宮中尚促織之戲」，又因為「歲徵民間」，沒有蛐蛐的地方偏偏就出現了關於蛐蛐的悲劇，這裡頭一下子就有了荒誕的色彩，魔幻現實的色彩。所以，「此物故非西產」這句話非常妙，是相當精采的一筆。經常有人問我，好的小說語言是怎樣的？現在我們看到了，好的小說語言有時候和語言的修辭無關，它就是大白話。好的小說語言就這樣：有它，你不一定覺得它有多美妙，沒有它，天立即就塌下來了。只有出色的作家才能寫出這樣的語言。

剛才我說了，就因為「此物故非西產」這句話，小說一下子具備了荒誕的色彩，具備了魔幻現實的色彩。但是，我要強調，我不會把〈促織〉看作荒誕主義作品，更不會把它看作魔幻現實主義作品。一句話，我不會把〈促織〉看作現代主義作品，為什麼不會？我把這個問題留在最後，後面我再講。

我們再來看「欲媚」。「欲媚」是什麼？從根本上說，其實就是奴性。關於奴性，魯迅先生幾乎用了一生的經歷在和它做抗爭。奴性和奴役是不一樣的。奴役的目的是為了讓你接受奴性，而奴性則是你從一開始就主動地、自覺地、心平氣和地接受了奴性，它成了你文化心理、行為、習慣的邏輯出發點。封建文化說到底就是皇帝的文化，皇帝的文化說到底就是奴性的文化，奴性的文化說到底就是「欲媚」的文化，所以，「宮中尚促織之戲」這個開頭一點都不大，在「歲徵民間」之後，它恰如其分。處在「欲媚」這個詭異的文化力量面前，〈促織〉中所有的悲劇——成名一家的命運——只能是按部就班的。你逃不出去。這也是命運。

魯迅在他的個人思想史上一直在直面一個東西，那就是「國民性」。面對國民性，他哀，他怒，但「國民性」是什麼？在我看來，蒲松齡提前為魯迅做了注釋，那就是「欲媚」。我渴望媚，你不讓我媚我可不幹，要和你急，這是由內而外的一種內心機制，很有原創性和自發性。它是惡中之惡，用波特萊爾（Charles Baudelaire）略顯浪漫的一個說法是，它是一朵散發著妖冶氣息的「惡之花」。因為「欲媚」是遞進的、恒定的、普遍的、難以規避的，所以，在〈促織〉裡，悲劇成了成名人生得以進行的硬道理。

說到這裡我也許要做一個階段性的小結，那就是如何讀小說：我們要解決兩個問題，一個是關於「大」的問題，一個是關於「小」的問題，也就是我們如何能看到小說內部的大，同時能讀到小說內部的小。只盯著大處，你的小說將失去生動，失去深入，失去最能體現小說魅力的那些部分；只盯著小，我們又會失去小說的涵蓋，小說的格局，小說的輻射，最主要的是，小說的功能。好的讀者一定會有兩隻眼睛，一隻眼看大局，一隻眼盯局部。

四

在我看來，小說想寫什麼其實是不著數的，對一個作家來說，關鍵是怎麼寫。作為一個偉大的小說家，蒲松齡在極其有限的一千七百個字裡鑄就了《紅樓夢》一般的史詩品格。讀〈促織〉，猶如看蒼山綿延，猶如聽波濤洶湧。這是一句套話，說的人多了。我們今天要解決的問題是，蒼山是如何綿延的，波濤是如何洶湧的。

現在，我們終於可以進入到小說的內部了，小說的主人公，那個倒楣蛋，成名，他終於出場了。我說成名是個倒楣蛋可不是詛咒他，蒲松齡只用一個小小的自然段就把他的命運一下子摁到了底谷。成名是個什麼人呢？蒲松齡只給了他四個字，「為人迂訥」。「為人迂訥」能說明什麼呢？什麼都說明不了。沒聽說「為人迂訥」就必須倒楣，性格從來就不是命運。問題出就出在〈促織〉開頭的那個「里胥」身上，里胥是誰？蒲松齡說了，「里胥猾黠」。猾黠，一個很黑暗的詞，——當「迂訥」遇見了「猾黠」，性格就必須是命運。

可以說，小說的一開始是從一個低谷入手的。成名一出場就處在了命運的低谷。成名被里胥報了名，捉促織去了，在這裡，「猾黠」就是一片烏雲，它很輕易地罩住了「迂訥」。「猾黠」一旦運行，「迂訥」只能是渾身潮濕，被淋得透透的。什麼事情都還沒有發生呢，蒲松齡就寫到了成名的兩次死，一次是「憂悶欲死」，一次是「惟思自盡」。「憂悶欲死」是意向，「惟思自盡」是決心。這在程度上是很不一樣的。小說才剛剛開始呢，成名就已經氣若游絲了。

但是，天無絕人之路。小說向相反的方向運行了，希望來了。這是小說的第一次反彈。這個希望就是小說中出現的一個新人物，駝背巫。經常有年輕人問我，在小說裡頭該怎麼刻畫人物呢？我現在就來說說蒲松齡是如何刻畫駝背巫的，蒲松齡所用的方法是白描，「唇吻翕闢，不知何詞」。唇：嚴格地說，上嘴唇；吻：嚴格地說，下嘴唇；翕闢：一張一合的樣子。很神，既神祕，又神奇，也許還神聖。駝背巫是不可能說話的，即使說了，你也不可能聽得懂，——否則他或者她就不是駝背巫。一個作家去交代駝背巫說了什麼是無趣的、無理的，屬自作聰明，很愚蠢；最好的辦法是交代他或者她的動態：上嘴唇和下嘴唇一張一合。這一張一合有內容嗎？沒有，所以，讀者「不知何詞」。這不夠，遠遠不夠。它不只是神，還有威懾力，下面的這一句話尤為關鍵，「各各悚立以聽」——所有的人都驚悚地站在那裡聽。這是一個靜謐的大場景，安靜極了，僅有的小動作是「唇吻翕闢」，還是無聲的。「各各悚立以聽」是「唇吻翕闢」的放大。如果這一段描寫到了「唇吻翕闢，不知何詞」就終止，可不可以？可以。可我會說，小說沒有寫透，沒有寫乾淨，相反，到了「各各悚立以聽」，這就透澈了，乾淨了。有一次答記者，記者問我是如何寫小說的，我說，「要把小說寫乾淨」，結果第二天報紙上有了，說畢飛宇提倡寫「乾淨的小說」，聽上去很不錯。其實他們誇錯了。我不是那個意思。這個怨我，沒說清楚。小說哪有乾淨的？反過來說，小說哪有不乾淨的？有人不喜歡現代主義繪畫，說現代主義繪畫畫面不乾淨，色彩很髒。佛洛伊德說：「沒有骯髒的色彩，只有骯髒的畫家」，道理就在這裡。

同樣，既然要寫乾淨，面對希望，淺嘗輒止又有什麼樂趣呢？那麼乾脆，再往上揚一步。——成名在駝背巫的指導之下終於得到他心儀的促織了，既然是心儀的促織，有所交代總是必須的。這隻促織好哇：「巨身修尾，青項金翅。」讀者不是萬能的，他也有知識上的死角，可是，無論我們這些無知的讀者有沒有見過真正的促織，蒲松齡的交代也足以迷人了：是巨身，是修尾，脖子是青色的，翅膀是金色的。在這裡，有沒有促織的知識一點都不重要了，「巨身修尾，青項金翅」足以啟動我們的想像：語言是想像力的出發點，語言也是想像力的目的地。人家蒲松齡都說到這個分上了，我們還不高興那是我們的不對了。事實上，高興的不只是讀者，也有倒楣蛋成名，是啊，成名「大喜」。回家，趕緊的，慣孩子，摟老婆，發微博，唱卡拉ＯＫ。到了這裡，小說抵達了他的最高峰。在喜馬拉雅山脈上，我們終於看到了珠穆朗瑪峰的巍峨。

但是對不起了，悲劇有悲劇的原則，所有的歡樂都是為悲傷所修建的高速公路。在這條高速公路上，飆車的往往不是小說的主人公，而是主人公最親的親人。成名的兒子，他飆車了。他以每小時兩百公里的速度撞上了集裝箱的尾部。車子的配件散得一地。不幸中也有萬幸，車毀了，人未亡。小說又被作者摁下去了，就此掉進了冰窟窿。

你以為掉進了冰窟窿就完事了？沒有。冰窟窿有它的底部，這個底部是飆車兒子的死。為什麼我要把兒子的死看作冰窟窿的底部？答案有兩條。第一，這不是倒楣蛋成名的死，是他的兒子，這是很不一樣的；第二，兒子的死不是出於另外的原因，而是被做父親的所牽連，這就更不一樣了。小說剛剛還在珠穆朗瑪峰的，現在，一眨眼，掉進了馬里亞納海溝。

問題不在你掉進了馬里亞納海溝，問題是掉進了馬里亞納海溝是怎樣的一副光景。在我看來，小說家的責任和義務就在這裡。他要面對這個問題。這個地方你的處理不充分，你的筆力達不到，一切還是空話。

我們來看看蒲松齡是如何描繪馬里亞納海溝的。他可不可以一下子就交代成名的悲痛？不可以。因為這裡頭牽扯到一個人之常情，人物有人物的心理依據和心理邏輯。我常說，小說不是邏輯，但是小說講邏輯。兒子調皮，一下子把促織搞死了，成名的第一反應是什麼呢？不是悲傷，而是憤怒，把孩子打死的心都有。當他去找孩子的時候，蒲松齡說，「怒索兒」。從邏輯上說，這是不能少的。這不是形式邏輯，也不是數理邏輯，更不是辯證邏輯，它就是小說邏輯。等他真的從井裡頭把孩子的屍體撈上來之後，有一句話幾乎像電腦裡的程序一樣是不能少的，那就是「化怒為悲」。這些都是程序，不需要太好的語感，不需要太好的才華，你必須這麼寫。

那麼，蒲松齡的藝術才華到底體現在什麼地方？是這八個字：「夫妻向隅，茅舍無煙。」這是標準的白描，沒有傑出的小說才華你還真的寫不出這八個字來。隅是什麼？牆角。夫妻兩個，一人對著一個牆角，麻袋一樣發呆；房子是什麼質地？茅舍，貧；無煙，爐膛裡根本就沒火，寒。貧寒夫妻百事哀。這八個字的內部是絕望的，冰冷的。死一般的寂靜，寒氣逼人。是等死的人生，一丁點煙火氣都沒有了，一丁點的人氣都沒有。這是讓人欲哭無淚的景象。我想，這就是小說所呈現的馬里亞納海溝了。我讀過很多有關淒涼和悲痛的描繪，我相信你們也讀過不少，你說，還有比這八個字更有效的麼？關鍵是，這八個字有效地啟發了我們有關生活經驗的具體想像，角落是怎樣的，煙囪是怎樣的，我們都知道。悲劇的氣氛一下子就營造出來了，宛若眼前，栩栩如死。你可以說這是寫人，也可以說是寫景；你可以說是描寫，也可以說是敘事。在這裡，人與物、情與景是高度合一的，撕都撕不開。

對了，補充一下，好的小說語言還和讀者的記憶有關，有些事讀者的腦海裡本來就有，但是，沒能說出來，因為被你一語道破，你一下子就記住了。好的小說語言你不用有意記憶，只靠無意記憶就記住了。

經常聽人講，小說的節奏、小說的節奏，「節奏」這個東西誰不知道呢？都知道，問題就在於，該上揚的時候，你要有能力把它揚上去，同樣，小說到了往下摁的時候，你要有能力摁到底，你得摁得住。沒有「夫妻向隅，茅舍無煙」，小說就沒有摁到底，相反，有了「夫妻向隅，茅舍無煙」，小說內在的氣息一古腦兒就被摁到最低處，直抵馬里亞納海溝，冰冷，漆黑，令人窒息。從閱讀效果來看，這八個字很讓人痛苦，甚至包括生理性的痛苦。

說到這裡，也許我又要補充一下，無論是寫小說還是讀小說，它絕不只是精神的事情，它牽扯到我們的生理感受，某種程度上說，生理感受也是審美的硬道理。這是藝術和哲學巨大的區別，更是一個基本的區別。我們都知道一個詞，叫「Aesthetics」，每個人都知道，我們漢語把它翻譯成「美學」。鮑姆嘉通（Alexander Gottlieb Baumgarten）當初為什麼要使用這個詞呢？其實還是一個主體和客體的關係問題。作為主體，我們需要面對客體，第一個問題就是知，同樣，作為主體，另一個問題是意志力，也就是意。這都是常識了。但是，在「知」和「意」的中間，有一個巨大而又深邃的中間地帶，鮑姆嘉通給這個中間地帶命名了，那就是「愛斯泰惕克」。它既是心理的，也是生理的。全人類所有門類的藝術家都在這個中間地帶獲得了挑戰權，挑戰的既是心理，也有生理。

五

小說既然已經抵達馬里亞納海溝了，那麼，接下來當然是反彈。摁不下去了，你不反彈也得反彈。請注意，〈促織〉到了這裡，它的反彈是很有講究的。這個反彈的內部其實還有一個小小的跌宕，也就是說，還有一個小幅度的抑和揚。從故事的發展來看，孩子是不能死的，真的死了這齣戲就唱不下去了，所以，孩子得活過來，——這是小小的揚，但隨即就摁下去了，孩子傻了，——這是小小的抑。孩子為什麼傻了呢，這個我們都知道的，孩子變成促織了。

好吧，孩子變成促織了。即使到了如此細微的地步，蒲松齡依然也沒有放過，他還來了一次跌宕，這是成名心理層面上的：因為促織是孩子變的，所以很小，成名一開始就不滿意，「劣之」，後來呢，覺得還不錯，又高興了，終於要了牠，「喜而收之」。這一段的最後一句話是很有意思的，「將獻公堂，惴惴恐不當意，思試之鬥以覘之」。就小說的章法而言，這句話有意思了，我先把章法這個問題放下來，因為我有更加重要的東西要講。

我要講的問題是小說的抒情。

孩子死了，變成了促織。我的問題是，如果我們第一次閱讀這個作品，我們知不知道這隻促織是孩子變的呢？不知道。孩子活過來了，有一句話是很要緊的，成名「亦不復以兒為念」。這句話有些無情。但這句話很重要，如果成名一門心思都在傻兒子的身上，故事又發展不下去了。苛政為什麼猛於虎？猛就猛在這裡，孩子都傻了，但你還要去捉促織。這句很無情的話其實就是所謂的現實性。好，成名捉促織去了，接下來蒲松齡寫到了成名的兩次心情，都是有關喜悅的。第一次，是聽到了門外促織的叫聲，成名「喜而捕之」，第二次是促織跳到了成名的衣袖上，成名看了看這個小蟲子，「視之，形若土狗，梅花翅，方首，長脛，意似良。喜而收之。」

我說過，「亦不復以兒為念」，這句話是無情的。我們本來可以在這個地方討論一下小說的社會意義，但是，我覺得那個意思不大。我只想請大家想一想，我為什麼要在這個地方和大家談論小說的抒情問題？小說在這裡到底抒情了沒有？我們往下看。

剛才說了，除了作者，沒有人知道孩子變成了促織，但是，如果我們是一個好讀者，我們也許會讀到不一樣的東西，我們會產生一些特殊的直覺。讓我們來察看一下吧，看看蒲松齡是怎麼寫那隻小促織的，他一口氣寫了小促織的五個動作，在一千七百個字的篇幅裡，這一段簡直就是無度的鋪排——

第一個動作，小促織「一鳴輒躍去，行且速」；第二個動作是牠被捉住了之後，「超忽而躍。急趨之」；第三個動作呢？「折過牆隅，迷其所往」，看，捉迷藏了；第四個則乾脆跳到了牆上，「伏壁上」。你看看，這隻小促織是多麼頑皮，多麼可愛，這哪裡還是在寫促織，完全是寫孩子，完全符合一個小男孩刁蠻活潑的習性。老到的讀者讀到這裡會揪心，不會吧？這隻小促織不會是孩子變的吧？

很不幸，是孩子變的。從第五個動作當中，讀者一下子就看出來了。第五個動作很嚇人，「壁上小蟲忽躍落襟袖間」，看著成名不喜歡自己，小促織主動地跳到成名的袖口上去了。這太嚇人了，只有天才的小說家才能寫得出。為什麼，因為第五個動作是反常識的、反天理的。常識告訴我們，無論是小鳥還是小蟲子，都是害怕人的，你去捉牠，牠只會逃避。但是，這隻小促織特殊了，當牠發現成名對自己沒興趣的時候，牠急了。牠做出了反常識的事情來了。

讀到這裡所有的讀者都知道了，促織是孩子變的，唯一不知道這個祕密的，只有成名。因為他「不復以兒為念」。這就是戲劇性。關於戲劇性，我們都知道一個文藝學的常識，叫「發現」，古希臘的悲劇裡就使用這個方法了。在「發現」之前，作者要「藏」的，——要麼作品中的當事人不知道，要不讀者，或觀眾不知道。在〈促織〉裡，使用的是當事人不知道。

我們還說抒情的事。請注意，關於促織，〈促織〉從頭到尾都用了相同的詞，「蟲」。這裡不一樣了，是「小蟲」，我再說一遍，是小蟲哈，很有感情色彩的。即使克制如蒲松齡，他也有失去冷靜的時刻。這是第一。

第二，再笨的讀者也讀出來了：「小蟲」是成名的兒子。在這裡，陰陽兩個世界的父子是以這樣一種方式見面的。做父親的雖然「不復以兒為念」，兒子卻在一通頑皮之後，自己撲過來了。

孩子愛他的爸爸，孩子想給爸爸解決問題。既然自己給爸爸惹了麻煩，那麼，就讓自己來解決吧。為了爸爸，孩子不惜讓自己變成了一隻促織。

這一段太感人的，父子情深。在這篇冰冷的小說裡，這是最為暖和的地方，實在令人動容。

我想提醒大家一下，小說的抒情和詩歌、散文的抒情很不一樣。小說的抒情有它特殊的修辭，它反而是不抒情的，有時候甚至相反，控制感情。面對情感，小說不宜「抒發」，只宜「傳遞」。小說家只是「懂得」，然後讓讀者「懂得」，這個「懂」是關鍵。張愛玲說，因為「懂得」，所以慈悲。這樣的慈悲會讓你心軟，甚至一不小心能讓你心碎。

六

剛才我留下了一個問題，是針對「將獻公堂，惴惴恐不當意，思試之鬥以覘之」的。簡單地說，這隻小促織行不行，我能不能交上去呢？我成名必須先試一試，讓牠和別的促織鬥鬥看。這很符合成名這個人，他一定得這麼幹。

小說到了這裡有一個大拐彎，最精采的地方終於開始了，你想想看，這篇小說叫〈促織〉，你一個做作家的不寫一下鬥蛐蛐，你怎麼說得過去？鬥蛐蛐好玩，好看，連「宮中尚促織之戲」，老百姓你能不喜歡麼？好看的東西，作品是不該放棄的。

問題是，你怎麼才能做到不放棄。

我經常和人聊小說，有人說，寫小說要天然，不要用太多的心思，否則就有人為的痕跡了。我從來都不相信這樣的鬼話。我的看法正好相反，你寫的時候用心了，小說是天然的，你寫的時候浮皮潦草，小說反而會失去它的自然性。你想想看，短篇小說就這麼一點容量，你不刻意去安排，用「法自然」的方式去寫短篇，你又能寫什麼？寫小說一定得有「匠心」，所謂「匠心獨運」就是這個意思。我們需要注意的也許只有一點，別讓「匠心」散發出「匠氣」。

我想說，就因為「將獻公堂，惴惴恐不當意，思試之鬥以覘之」，下面的鬥蛐蛐才自然，否則就是不自然。這句話是左腿，邁出去了，鬥蛐蛐就是右腿，你不邁出去是不行的。這就是小說內部的「勢」。「勢」的本意是什麼？你們學過漢語，看看這個字的組合就知道了，是我們男人的兩隻「丸」子，那東西就叫「勢」。沒了這兩個「丸」子，你就坐懷不亂了，事情到此為止，我保證什麼事都不會發生；有了這兩個「丸」子，好，事情複雜了，一件連著一件，往下發展唄。但小說的內部是沒有這兩隻「丸子」的，一切要靠作家去給予，這就叫「造勢」。「思試之鬥以覘之」就是造勢。

我們還是來看文本。這一段寫得極其精采，可謂漫天彩霞，驚天動地。如果沒有這一段，〈促織〉就不是〈促織〉，蒲松齡就不是蒲松齡了。

鬥蛐蛐這一段我想用這個詞來概括，叫「推波助瀾」。第一是推波，第二是助瀾。這個推波相當考究，蒲松齡這一次沒有壓，是揚，揚誰？揚別人，揚那個好事者的「蟹殼青」，一下子把牠推到了戰無不勝的地步。這等於還是抑了。請注意一下，「蟹殼青」這個名字很重要，人家是有名字的，是名家，成名的這隻小促織呢？屬「刀下不斬無名之鬼」的無名之鬼。結果很簡單，「無名之鬼」贏了，「推波」算是完成了。在我看來，這個推波完成得很好，不過，它可沒什麼可說的。為什麼呢？小說寫到這一步大部分作家都能完成，我真正要說的第二個，是助瀾。這才是這篇小說的關鍵。

我想說，人的想像有它的局限，有時候，這個局限和想像本身無關，卻和一個人的勇氣有關。如果一個普通的作家去寫〈促織〉，他會怎麼寫呢？他會寫這隻促織一連鬥敗了好幾個促織，最後，天下第一，然後呢，當然是成名完成了任務，成名的一家就此變成了土豪。如果這樣寫，我想說，這篇小說的批判性、社會意義一點都沒有減少，小說真的完成了。

現在的問題在這裡：喬丹擺脫了所有的防守隊員，一個人來到籃下，他是投還是扣？——投進去是兩分，扣進去還是兩分，從功利目的性上說，兩分和兩分沒有任何區別。但是，喬丹是這麼說的：「投籃和扣籃都是兩分，但是，在我們眼裡，扣進去是六分」。

「我們」是誰？是天之驕子，是行業裡的翹楚，「我們」和普通的從業人員是不一樣的。在「我們」的眼裡，扣進去是六分。這是不講道理的，但是，這才是天才的邏輯。

小說寫到這裡了，兩分就在眼前，是投，還是扣？這是一個問題。這個球如果不是扣進去的，〈促織〉這篇小說就等於沒有完成。在天才小說家的面前，小促織打敗了「蟹殼青」，一切依然都只是推波，不是助瀾。什麼是瀾？那隻雞才是。小說到了這裡可以說峰迴路轉、蕩氣迴腸了。我敢這麼說，在蒲松齡決定寫〈促織〉的時候，那隻雞已經在他的腦海裡了，沒有這隻雞，他不會寫的。從促織到雞，小說的邏輯和脈絡發生了質的變化，因為雞的出現，故事抵達了傳奇的高度，擁有了傳奇的色彩。在這裡，是天才的勇氣戰勝了天才的想像力。

我的問題是，為什麼是雞？

蒲松齡的選擇有許多種，雞、鴨、鵝、豬、牛、羊，也許還有老虎，獅子，狼。如果我們一味地選擇傳奇性，讓促織戰勝了獅子，我會說，傳奇性獲得了最大化。但是，蒲松齡不會這樣去處理，他渴望傳奇，但是，依然要保證他的批判性，那就不可以離開日常。傳奇到了離奇的地步，小說就失真，可信度將會受到極大的傷害。所以，蒲松齡的選擇一定是日常的，換句話說，他一定會在家禽或家畜當中做選擇。那蒲松齡為什麼沒有選擇家畜？生活常識告訴我們，家畜和小昆蟲沒什麼關係。那好，最後的選擇就只有家禽了。我想問問大家，在家禽裡頭，誰對昆蟲的傷害最大？誰最具有攻擊性和戰鬥性？答案是唯一的，雞。

我說了這麼多，真正想說的無非是這一條，在小說裡頭，即使你選擇了傳奇，它和日常的常識也有一個平衡的問題。這裡頭依然存在一個真實性的問題。不顧常識，一味地追求傳奇，小說的味道會大受影響。你不要投籃，要扣，要六分，很好。但是，你如果不是用你的手，而是用你的腳去扣籃，觀眾也許會歡呼，但是，對不起，裁判不答應，兩分不會給你。小說也是有裁判的，這個裁判就是美學的標準。說到底，小說就是小說，不是馬戲和雜耍。

我們都很熟悉《堂吉訶德》，公認的說法是，小說最為精采的一筆是堂吉訶德和風車搏鬥，如果堂吉訶德挑戰的不是風車，而是馬車，火車，汽車，我要說，《堂吉訶德》就是一部三流的好萊塢的警匪片。同樣，如果堂吉訶德挑戰的是怪獸，水妖或山神，我也要說，它依然是一部三流的好萊塢的驚悚片。是蒲松齡發明了文學的公雞，是塞萬提斯（Miguel de Cervantes Saavedra）發明了文學的風車。

文學需要想像，想像需要勇氣。想像和勇氣自有它的遙遠，但無論遙遠有多遙遠，遙遠也有遙遠的邊界。無邊的是作家所面對的問題和源源不斷的現實。

七

我記得我前面留下過一個大問題，我說，〈促織〉是荒誕的，是變形的，是魔幻的，成名的兒子變成了「小蟲」，它的意義和卡夫卡（Franz Kafka）裡的人物變成了甲殼蟲是不是一樣的呢？這是一個非常重要的問題。

我之所以把這個問題留到了最後，真是有感而發。因為我經常看到這樣的評論，說，我們的古典主義文學作品當中經常出現西方現代主義文學的某些特徵，比方說，象徵主義文學的特徵，意識流的特徵，荒誕派的特徵，魔幻現實主義的特徵。有些評論者說，我們的古典主義文學已經提前抵達了西方現代主義文學。能不能這樣說？我的回答是不能。我為什麼要在這個地方說這個，是因為那些說法是相當有害的。

任何一種文學都有與之匹配的文化背景，也有它與之相對的文化訴求，〈促織〉的訴求是顯性的，他在提醒君主，你的一喜一怒、一動一用，都會涉及天下。天下可以因為你而幸福，也可能因為你而倒楣，無論〈促織〉抵達怎樣的文學高度，它只是「勸諫」文化的一個部分，當然，是積極的部分。但有一點我們必須清楚，即便是到了蒲松齡的時代，我們的歷史依然是輪回的歷史，蒲松齡所做的工作依然是「借古諷今」，拿明朝的人，說大清的事。

西方的歷史是很不一樣的，它是求知的歷史，也是解決問題的歷史，它還是有關

「人」的自我認知的精神成長史。它有它的階梯性和邏輯性，西方的現代主義文學是在現代主義文化思潮當中產生的，它有兩個必然的前提：一個是啟蒙運動，一個是工業革命。在求知，或者說求真的這個大的背景底下，啟蒙運動是向內的，工業革命是向外的。上帝死了，人真的自由了嗎？他們的回答更加悲觀。他們看到了一個巨大的窘境，人在尋求自我的路上遇到了比魔鬼更加可怕的東西，那就是異化。在費爾巴哈（Ludwig Andreas von Feuerbach）看來，人在上帝的面前是異化的，好，上帝被幹掉了，馬克思換了一個說法，真正讓人異化的不是上帝，是大機器生產這種「生產方式」，蒸汽機或以蒸汽機為代表的工業革命給我們帶來什麼了？是無產，是赤貧、疾病和醜，是把自己「生產」成了機器。人的「變形」是可怕的，每個人在一覺醒來之後都有可能發現自己變成了甲殼蟲。這種異化感並不來自先知的布道，是個人——作為一個普通人的，普通的，普遍的——自我認知。它首先是絕望的，但是，在我看來，也是一種非常高級的自我認知。

同樣是變成了昆蟲，成名的兒子變成小促織則完全不同，這裡頭不存在生命的自我認知問題，不涉及生命的意義，不涉及生命的思考，不涉及存在，不涉及思想或精神上的困境。在本質上，這個問題類屬生計問題，或者說，是有關生計的手段或修辭的問題。

在面對「文學」和「歷史」的時候，我們中國人喜歡這樣的姿態：文史不分家，有時候，我們真的是文史不分家的。上面我們涉及的可笑的說法，是標準的「文史不分家」的說法。但是我要說，文史必須分家，說到底，文學是文學，歷史是歷史。文學一旦變成歷史固然不好，歷史一旦變成文學那就很糟糕了。如果我們把文學的部分屬性看作歷史的系統性和普遍性，真的會貽害無窮。

關於〈促織〉，我就說這麼多，因為能力的局限，謬誤之處請同學們批評指正。

二〇一四年十二月十七日於南京大學

「走」與「走」

——小說內部的邏輯與反邏輯

我沒有能力談大的問題，今天只想和老師、同學們交流一點小事，那就是走路。大家都會走路，可以說，走路是日常生活裡最常見的一個動態。那我們就來看一看，這個最常見的動態在小說的內部是如何被描述的，它是如何被用來塑造人物並呈現小說邏輯的。為了把事情說清楚，我今天特地選擇了我們最為熟悉的作品，一個是《水滸》的局部，一個是《紅樓夢》的局部，我們就聯繫這兩部作品來談。

我們先來談林沖。用金聖歎的說法，「林沖自然是上上人物，寫得只是太狠。看他算得到，熬得住，把得牢，做得徹，都使人怕」。金聖歎也評價過「上上人物」李逵，說「李逵一片天真爛漫到底」。「一片天真爛漫到底」，這句話道出了李逵的先天氣質，他是不會被外部的世界所左右的，他要做他自己。在小說的內部，李逵一路縱橫，他大步流星，酣暢淋漓。為什麼會這樣？因為李逵「天真爛漫」，他是天生的英雄、天然的豪傑、天才的土匪。林沖卻不是，林沖屬日常，他的業務突出，他的心卻是普通人的，這顆普通的心只想靠自己的業務在體制裡頭混得體面一些，再加上一個美滿的家庭，齊了。

林沖和李逵是兩個極端，李逵體現的是自然性，林沖體現的則是社會性。和李逵相反，林沖一直沒能也不敢做他自己，他始終處在兩難之中。因為糾結，他的心中積壓了太多的負能量，所以，林沖是黑色的、畸形的、變態的，金聖歎說他「都使人怕」，是真的。我個人一點都不喜歡林沖。但是，作為一個職業作家，我要說，林沖這個人物寫得實在是好。李逵和林沖這兩個人物的寫作難度是極高的，在《水滸》當中，最難寫的其實就是這兩個人。——寫李逵考驗的是一個作家的單純、天真、曠放和力必多，它考驗的是放；寫林沖考驗的則是一個作家的積累、社會認知、內心的深度和複雜性，它考驗的是收。施耐庵能在一部小說當中同時完成這兩個人物，我敢說，哪怕施耐庵算不上偉大，最起碼也是一流。

林沖在本質上是一個怕事的人，作為一個出色的技術幹部，他後來的一切都是被社會環境所逼的，也就是我們常說的那個「逼上梁山」。我所關心的問題是，從一個技術幹部變成一個土匪骨幹，他一路是怎麼「走」的？施耐庵又是如何去描寫他的這個「走」的？我想告訴你們的是，施耐庵在林沖的身上體現出了一位一流小說家強大的邏輯能力。這個邏輯能力就是生活的必然性。如果說，在林沖的落草之路上有一樣東西是偶然的，那麼，我們馬上就可以宣布，林沖這個人被寫壞了。

林沖的噩運從他太太一出場實際上就已經降臨了，這個噩運就是社會性，就是權貴，就是利益集團——高太尉、高衙內、富安、陸虞候。應當說，在經歷了誤入白虎堂、刺配滄州道等一系列的欺壓之後，林沖的人生已徹底崩潰，這個在座的每個人都知道。我要指出的是，即使林沖的人生崩潰了，這個怕事的男人依然沒有落草的打算。他唯一的願望是什麼？是做一個好囚犯，積極改造，重新回到主流社會。可林沖怎麼就「走」上梁山了呢？兩樣東西出現了，一個是風，一個是雪。

我們先來說雪。從邏輯上說，雪的作用有兩個：第一，正因為有雪，林沖才會烤火，林沖才會生火，林沖在離開房間之前才會仔細地處理火。施耐庵在這個地方的描寫是細緻入微的，這樣細緻的描寫給我們證明了兩件事：A，林沖早就接受了他的噩運，他是一個好犯人，一直在積極地、配合地改造他自己；B，這同時也證明了另一件事情，草料場的大火和林沖一點關係都沒有，有人想陷害林沖，嚴格地說，不是陷害他，是一定要他死。第二，正因為有雪，雪把房子壓塌了，林沖才無處藏身，林沖才能離開草料場。某種意義上說，雪在刁難林沖，雪也在挽救林沖，沒有雪，林沖的故事將戛然而止。這是不可想像的。

我們再來談風。風的作用要更大一些。第一，如果沒有風，草料場的大火也許就有救，只要大火被撲滅了，林沖也許就還有生路。但是，這不是關鍵，關鍵的是第二，如果沒有風，林沖在山神廟裡關門的動作就不一樣了。對林沖來說，如何關門才是重中之重。我們先來看小說裡頭是如何描寫林沖關門的：

> 入得廟門，（林沖）再把門掩上，旁邊有一塊大石頭，掇將過來，靠了門。

林沖其實已經將門掩上了，但是，不行，風太大了，關不嚴實。怎麼辦？正好旁邊有一塊大石頭，林沖的力氣又大，幾乎都不用思索，林沖就把那塊大石頭搬過來了，靠在了門後。不要小看了這一「靠」，這一靠，小說精采了，一塊大石頭突然將小說引向了高潮。為什麼？因為陸虞候、富安是不可以和林沖見面的，如果見了，陸虞候他們就不會說那樣的話，林沖就不可能了解到真相。換句話說，小說頓時就會失去它的張力，更會失去它的爆發力。是什麼阻擋他們見面的呢？毫無疑問，是門。門為什麼打不開呢？門後有一塊大石頭。門後面為什麼要有一塊大石頭呢？因為有風。你看看，其實是風把陸虞候與林沖隔離開來了。

現在，這塊大石頭不再是石頭，它是麥克風，它向林沖現場直播了陸虞候和富安的驚天陰謀。這塊大石頭不只是將廟外的世界和廟內的世界阻擋開來了，同時，這塊大石頭也將廟外的世界和廟內的世界聯繫起來了。它讓林沖真正了解了自己的處境，他其實是死無葬身之地的。我們來看一看這裡頭的邏輯關係：林沖殺人——為什麼殺人？林沖知道了真相，暴怒——為什麼暴怒？陸虞候、富安肆無忌憚地實話實說——為什麼實話實說？陸虞候、富安沒能與林沖見面——為什麼不能見面？門打不開——為什麼打不開？門後有塊大石頭——為什麼需要大石頭？風太大。這裡的邏輯無限地縝密，密不透風。

有沒有人舉手要問問題？沒有。那我就自己問自己一個問題，你剛才不是說，林沖的厄運是社會性的麼？林沖在他的落草之路上沒有一件是偶然的麼？那好，問題來了，雪和風並沒有社會性，它們是純天然、純自然的，自然性難道不是偶然的麼？

這個問題雖然是我自己提出來的，我還是要說，這是一個好問題。我想說，在這裡，雪和風都不是自然的，更不是偶然的。

即將證明這個觀點的不是我，是小說裡的一個人物，他叫李小二，也就是在東京偷了東西被林沖搭救的那個小京漂。因為開酒館，小京漂在他的小酒館裡看見了兩個鬼鬼祟祟的「尷尬人」，因為「尷尬」，李小二在第一時間把這個消息報告了林沖，林沖一聽就知道那個三十來歲的男人就是陸虞候，為此，林沖還特地到街上去買了一把尖刀，街前街後找了三五日。

問題出在第六日，施耐庵明確地告訴我們，是第六日。第六日，林沖的工作突然被調動了，他被上級部門由牢城營內調到了草料場。林沖剛剛抵達草料場，作者施耐庵幾乎是急不可耐地交代了一件大事，那就是氣象，作者寫道：

> 正是嚴冬天氣，彤雲密布，朔風漸起，卻早紛紛揚揚下了一天大雪來。

在小說裡頭，我們把這樣的文字叫做環境描寫。現在我反過來要問你們一個問題了，作者在這個地方為什麼要來一段環境描寫？對，通過這樣的環境描寫，聯繫到上下文，我們知道了一件事，在過去的六天裡頭，被李小二發現的那兩個「尷尬人」其實一直都藏在暗處，他們在做一件大事，那就是等待。等什麼？等風和雪。他們不傻，大風不來，他們是不會放火的，沒有大風，草料場就不會被燒光，他們就不能將林沖置於死地。你說說，兩個心懷鬼胎、周密策畫、等了六天才等來的大風雪是自然的麼？是偶然的麼？當然不是。風來了，雪來了，林沖的工作被調動了，一切都是按計畫走的，一切都是必然。

別林斯基說：「偶然性在悲劇中是沒有一席之地的。」這句話說到點子上了。

草料場被燒了，林沖知道真相了，林沖也把陸虞候和富安都殺了。事到如此，除了自我了斷，林沖其實只剩下上梁山這一條道可以走了。如果是我來寫，我會在林沖酣暢淋漓地殺了陸虞候、富安、差撥之後，立馬描寫林沖的行走動態，立馬安排林沖去尋找革命隊伍。這樣寫是很好的，這樣寫小說會更緊湊，小說的氣韻也會更加生動。但是，施耐庵沒這麼寫，他是這麼寫的——

（林沖）將尖刀插了，將三個人的頭髮結做一處，提入廟裡來，都擺在山神面前供桌上，再穿了白布衫，繫了搭膊，把氈笠子帶上，將葫蘆裡冷酒都吃盡了。被子與葫蘆都丟了不要，提了槍，便出廟門東頭去。

這一段寫得好極了，動感十足，豪氣沖天，卻又不失冷靜，是林沖特有的、令人窒息的冷靜。這段文字好就好在對林沖步行動態的具體交代：提了槍，便出廟門東去。我想說，這句話很容易被我們的眼睛滑落過去，一個不會讀小說的人是體會不到這句話的妙處的。

林沖為什麼要向東走？道理很簡單，草料場在城東。如果向西走，等於進城，等於自投羅網。這句話反過來告訴我們一件事，林沖這個人太「可怕」了，簡直就是變態，太變態了。雖然處在激情之中，一連殺了三個人，林沖卻不是激情殺人。他的內心一點都沒有亂，按部就班的：先用仇人的腦袋做了祭品，再換衣服，再把酒葫蘆扔了，在他扔掉酒葫蘆之前，他甚至還沒有遺忘那點殘餘的冷酒。「可怕」吧？一個如此變態、如此冷靜的人會怎麼「走」呢？當然是向東「走」，必然是向東「走」。小說到了這樣的地步，即使是施耐庵也改變不了林沖向東走的行為。小說寫到作者都無法改變的地步，作者會很舒服的。

在這裡，林沖這個人物形象就是靠「東」這個詞支撐起來的。所謂「算得到、熬得住、把得牢、做得徹」，這四點在這個「東」字上全都有所體現。我們常說文學是有分類的：一種叫純文學，一種叫通俗文學。這裡的差異固然可以通過題材去區分，但是，最大的區分還是小說的語言。《水滸》是一部打打殺殺的小說，但是，它不是通俗小說和類型小說，它是真正的文學。只有文學的語言才能帶來文學的小說。那種一門心思只顧了編製小說情節的小說，都不能抵達文學的高度。沒有語言上的修養、訓練和天分，哪怕你把「純文學作家」這五個字刻在你的腦門上，那也是白搭。

小說語言第一需要的是準確。美學的常識告訴我們，準確是美的，它可以喚起審美。關於審美，我們都聽說過這樣的一句話：「蘿蔔青菜，各有所愛。」這句話是對的，也是錯的。如果說這句話的是一個賣蘿蔔青菜的大媽，這句話簡直就是真理，但是，一個在北京大學讀書的大學生也這麼說，這句話就是錯的。我們不能知其然，我們要知道所以然。

審美的心理機制不是憑空產生的，無論是黑格爾還是康德，包括馬克思，他們的美學思想裡頭有兩個基本概念我們千萬不該忽略，那就是合目的、合規律。說白了，審美的心理機制來自於我們現實生存，它首先是符合生命目的的。比方說，力量、生存離不開生命的力量，所以，力量從一開始就是我們的審美對象。舉一個例子吧，在農業文明產生之前，前面有一頭野豬，牠離我們有五十米那麼遠，可你的力量只能把標槍扔出去三十米，那你就不可能打到野豬，你只能餓肚子，所以，力量構成了美。

如果你的力量可以保證你扔出去六十米，可你手上沒準頭，你還是打不到野豬。這一來我們需要的其實不只是力量，而是有效的、可以控制的、可以抵達對象的力量。這個「可以抵達對象」就叫準確，它不只是關乎生理，也關乎心理與意志。準確是如何獲得的呢？你就必須把握力量的規律。這就叫合規律。想想吧，我們一邊吃著野豬肉、一邊對力量、對準確就有了十分愉悅的認知，這個愉悅就是最初的審美。的確，準確是一種特殊的美，它能震撼我們的心靈。神祕的狙擊手可以成為我們的英雄，道理就在這裡。我想提醒大家注意，英雄不只是道德意義上的概念，也是美學上的一個概念。我們談戀愛也是這樣，你寫了二十首情詩，分別發給了二十個姑娘，最後連一個女朋友也沒有得到，你一定會成為笑柄，這證明了你的精確度不夠。精確度不夠會使你成為一隻癩蝦蟆，還成天想吃天鵝肉。

大家都還記得宋丹丹女士對趙本山先生說過的一句話吧，「別人唱歌是要錢，大哥唱歌是要命。」大哥的歌聲為什麼會「要命」？我想大家都懂了。是的，藝術一旦失去了它的準確性，它就會走向反面，也就是錯位。錯位可以帶來滑稽，那是另一個美學上的話題了。

回到小說吧。向東走，這個動作清楚地告訴我們，即使到了如此這般的地步，林沖依然沒有打算上山。「向東」清楚地告訴我們，這是一個疑似的方向，林沖其實沒有方向，他只是選擇了流亡，他能做的只是規避追捕。到了這裡我們這些讀者徹底知道了，林沖這個人哪，他和造反一點關係都沒有，他的身上沒有半點革命性。這才叫「逼上梁山」。

我們說，現實主義作品往往都離不開它的批判性，如果我們在這個地方來審視一下所謂的「批判性」的話，施耐庵在林沖這個人物的身上幾乎完成了「批判性」的最大化，——天底下還有比林沖更不想造反的人麼？沒有了，就是林沖這樣的一個慫人，大宋王朝也容不下他，他只能造反，只能「走」到梁山上去，大宋王朝都壞到什麼地步了。這句話也可以這樣說，林沖越慫，社會越壞。林沖的慫就是批判性。

說到這裡我想做一個小結，我們都喜歡文學作品的思想性，我想說的是，思想性這個東西時常靠不住。思想性的傳遞需要作家的思想，其實更需要作家的藝術才能。沒有藝術才能，一切都是空話。在美學上，說空話有一個專業的名詞，叫「席勒化」，把思想性落實到藝術性上，也有一個專業名詞，叫「莎士比亞化」，這個在座的都知道。聯繫到林沖這個人物來說，如果施耐庵只是拍案而起、滿腔熱忱地「安排」林沖「走」上梁山，我們說，這就叫「席勒化」，「席勒化」有一個標誌，那就是這樣的作家都可以去組織部。相反，由白虎堂、野豬林、牢城營、草料場、雪、風、石頭、逃亡的失敗、再到柴進指路，林沖一步一步地、按照小說的內部邏輯、自己「走」到梁山上去了。這才叫「莎士比亞化」。在「莎士比亞化」的進程當中，作家有時候都說不上話。

但寫作就是這樣，作家的能力越小，他的權力就越大，反過來，他的能力越強，他的權力就越小。

梨園行當裡頭有一句話，叫「男怕《夜奔》，女怕《思凡》」，這句話說盡了林沖這個人物形象的複雜性，林沖在一步一步地往前走，卻一步步走向了自己的反面，他「走」出去的每一步都是他自己不想「走」的，然而，又不得不走。在行動與內心之間，永遠存在著一種對抗的、對立的力量。如此巨大的內心張力，沒有一個男演員不害怕。

施耐庵的小說很實，他依仗的是邏輯。但是，我們一定要知道，小說比邏輯要廣闊得多，小說可以是邏輯的，可以是不邏輯的，甚至於，可以是反邏輯的。曹雪芹就是這樣，在許多地方，《紅樓夢》就非常反邏輯。因為反邏輯，曹雪芹的描寫往往很虛。有時候，你從具體的描寫對象上反而看不到作者想表達的真實內容，你要從「飛白」——也就是沒有寫到的地方去看。所謂「真事隱去、假語存焉」就是這個道理。好，我們還是來談「走」路，看看曹雪芹老先生在描寫「走」的時候是如何反邏輯的。

如果有人問我，在《紅樓夢》裡頭，哪一組小說人物的關係寫得最好，我會毫不猶豫地把我的大拇指獻給王熙鳳和秦可卿這對組合，她們是「出彩中國人」。

作為一個讀者，我想說，就小說的文本而言，王熙鳳和賈蓉的妻子秦可卿關係非同一般，如果聯繫到王熙鳳和賈蓉之間的曖昧，王熙鳳和秦可卿之間就更非同一般了。請注意，我的措辭，我並沒有說她們的關係非常好，我只是說，她們的關係「非同一般」。怎麼個「非同一般」？我們往下說。

在小說裡頭，王熙鳳和秦可卿第一次「面對面」是在第七回裡頭。這一段寫得很棒。看似很平靜，一點事情都沒有，其實很火爆。在場的總共有五個人：王熙鳳、賈寶玉、賈蓉、尤氏、秦可卿。這五個人之間的關係複雜了：王熙鳳和賈蓉之間是黑洞，賈蓉和秦可卿是夫妻，秦可卿是賈寶玉的性啟蒙老師，尤氏是賈蓉的母親，尤氏是秦可卿的婆婆，尤氏還是王熙鳳的嫂子。這麼多的關係是很不好寫的。一見面，曹雪芹寫道：「那尤氏一見了鳳姐，必先笑嘲一陣」，這句話很怪異，有些空穴來風。尤氏見到鳳姐為什麼總是要「笑嘲一陣」呢？曹雪芹也沒有交代，這是一個問題，我們先放在這裡。而王熙鳳的做派更怪異，她在嫂子面前擺足了架子，高高在上了，盛氣凌人了，她對尤氏和秦可卿說：「你們請我來做什麼？有什麼好東西孝敬我，就快供上來，我還有事呢。」當然了，這是王熙鳳一貫的做派，她在親人之間這樣說話也是可以理解的。問題是，秦可卿要帶寶玉去見秦鐘，尤氏不知趣了，她借著秦鐘挖苦了一番王熙鳳，說王熙鳳是「破落戶」，要被人笑話的。王熙鳳的回答顯然出格了，超出了玩笑的範疇，她當場反唇相譏：「普天下的人，我不笑話也就罷了。」這句話重了，最讓人不能理解的事情發生了，賈蓉剛說了幾句阻攔的話，王熙鳳對賈蓉說：「憑他（秦鐘）什麼樣兒，我也要見一見！別放你娘的屁了。再不帶我看看，給你一頓好嘴巴。」

「別放你娘的屁了」，「給你一頓好嘴巴」，這番話的腔調完全是一個流氓，很無賴，幾乎就是罵街。這番話是小題大做的，讓我們這些做讀者的很摸不著頭腦，反過來，我們這些做讀者的自然要形成這樣幾個問題：第一，王熙鳳對賈蓉是肆無忌憚的，她為什麼如此肆無忌憚？她的怒火究竟是從哪裡來的？第二，王熙鳳是不是真的憤怒？她對賈蓉到底是嚴厲的呵斥，還是男女之間特殊的親昵？這個很不好判斷。第三，這才是最關鍵的，王熙鳳當著秦可卿的面對秦可卿的丈夫這樣，以王熙鳳的情商，她為什麼一點也不顧及一個妻子的具體感受？簡單地說，我們反而可以把王熙鳳和賈蓉的關係放在一邊，首先面對王熙鳳和秦可卿的關係，這兩個女人之間到底怎麼樣？

曹雪芹厲害。曹雪芹其實已經明白無誤地告訴我們了，王熙鳳和秦可卿是閨蜜，她們很親密。我這樣說有證據麼？有。同樣是在第七回，也就是王熙鳳和秦可卿第一次見面前，我們可以看到一個很容易被我們忽略的細節，——周瑞家的給王熙鳳送宮花去了。王熙鳳正和賈璉「午睡」呢，周瑞家的只能把宮花交給平兒，請注意，平兒拿了四朵，卻拿出了兩朵，讓彩明送到「那邊府裡」，幹什麼呢？「給小蓉大奶奶戴去。」這個細節向我們證明了一件事，在平兒的眼裡，王熙鳳和秦可卿是親密的，也許在整個賈府的眼裡，她們都是親密的。一切都是明擺著的。

然而，當我們讀到第十一回的時候，我們很快又會發現，這個「明擺著」的關係遠不如我們預料的那樣簡單。這一回也就是〈慶壽辰寧府排家宴　見熙鳳賈瑞起淫心〉。這一回主要寫了王熙鳳對病人秦可卿的探望。我想告訴大家的是，如果我們對《紅樓夢》有了一個結構性的瞭解，這個第十一回其實是可以從小說當中脫離開來的，我們可以把第十一回當成一個精采的短篇小說來讀。生活是多麼複雜，人性是多麼深邃，這一回裡頭全有。這一回寫得好極了。

我剛才說了，《水滸》依仗的是邏輯，曹雪芹依仗的卻是反邏輯。生活邏輯明明是這樣的，曹雪芹偏偏不按照生活邏輯去出牌。因為失去了邏輯，曹雪芹在《紅樓夢》裡給我們留下了一大片一大片的「飛白」。這些「飛白」構成了一種驚悚的、浩瀚的美，也給我們構成了極大的閱讀障礙。就在我演講之前，我剛剛給北京大學的十大讀書明星頒發了獎品，我注意到，讀書最多的同學一年借閱了三百八十一本書，在此，我要向這些閱讀狂人致敬，你們很了不起。可我也想補充一點，有時候，我們用一年的時間只讀一本書，這也挺好。對我來說，《紅樓夢》是可以讓我讀一輩子的書。

回到《紅樓夢》的第十一回。第十一回是從賈敬的壽辰寫起的，也就是一個很大的派對。在小說裡頭，描寫派對永遠重要。在我看來，描寫派對最好的作家也許要算托爾斯泰，他是寫派對的聖手。在《戰爭與和平》裡頭，在《安娜・卡列尼娜》裡頭，如果我們把那些派對都刪除了，我們很快就會發現，小說的魅力失去一半。作為一個寫作者，我想說，派對其實很不好寫，場面越大的派對越不好寫，這裡的頭緒多、關係多，很容易流於散漫，很容易支離破碎。但是，如果你寫好了，小說內部的空間一下子就被拓展了，並使小說趨於飽滿。

我想說的是，曹雪芹的這個派對寫得極其精采，完全可以和托爾斯泰相媲美。

賈敬做壽，這是寧國府的頭等大事，如此重要的一個派對，一個都不能少。孫媳婦秦可卿卻沒有出席。這是反邏輯的。

秦可卿原來是病了，所以她沒來。當王熙鳳知道秦可卿生病之後，說：「我說他不是十分支持不住，今日這樣的日子，再也不肯不扎掙著上來。」很難說為什麼，這句話在我的眼裡有些不對勁。對勁不對勁我們先不管，作為秦可卿的閨蜜，以王熙鳳的情商，她為什麼不問一問秦可卿的病情呢？這是反邏輯的。

賈蓉出現了，王熙鳳也想起來了，她該向賈蓉詢問一下秦可卿的病情了，賈蓉的回答很不樂觀。如果是依照邏輯的話，曹雪芹這個時候該去交代王熙鳳的反應才對。然而，曹雪芹沒有交代，相反，卻寫了王熙鳳和太太們的說笑。在王熙鳳說了一通笑話之後，曹雪芹寫道：「一句話說得滿屋子的人都笑了起來。」這是反邏輯的。

接下來是王熙鳳對秦可卿的探望，一同前往的有賈寶玉、賈蓉。因為是進了自己的家門，賈蓉當然要讓下人給客人倒茶，賈蓉說：「快倒茶來，嬸子（王熙鳳）和二叔在上房還未喝茶呢。」這句話非常有意思，你想想，爺爺的生日派對上那麼多的人，場面如此龐雜、如此混亂，賈蓉卻能準確地說出「嬸子」「在上房還未喝茶」。我想問問大家，賈蓉的注意力都放在哪裡了？請注意，此時此刻，他的太太還在病床上奄奄一息呢。賈蓉的注意力一刻也沒有離開過「嬸子」，要不然他說不出這樣的話來。這不是一句普通的客套話，它很黑，絕對是從黑洞裡冒出來的。這是反邏輯的。

兩個女人的私房話也許沒什麼可說的，然而，在兩個女人對話的過程中，王熙鳳做了一件事，把賈寶玉打發走了，附帶著把賈蓉也打發走了。一個女人去看望另一個生病的女人，卻把人家的丈夫打發走，這是符合邏輯還是反邏輯的？作為一個讀者，老實說，我不能確定。既然不確定，那我就先把這個問題放下來，這是我放下的第二個問題，第一個問題是尤氏一見到鳳姐就要「笑嘲一陣」，我們把這些問題都放在後面說。

探望結束了，因為悲傷，王熙鳳眼睛紅紅的，她離開病人秦可卿。生活常識和生活邏輯告訴我們，一個人去探望一個臨死的病人，尤其是閨蜜，在她離開病房之後，她的心情一定無比地沉痛。好吧，說到這裡，小說該怎麼寫，我想我們都知道了，曹雪芹也許要這樣描寫王熙鳳了：她一手扶著牆，一手掏出手絹，好好地哭了一會兒，心裡頭也許還會說：「我可憐的可卿！」——是的，當著病人的面不好痛哭，你得控制住自己，現在好了，都離開病人了，那你也就別忍著了。然而，對不起了，我們都不是曹雪芹。王熙鳳剛剛離開秦可卿的病床，曹雪芹突然抽風了，這個小說家一下子發起了癔症，幾乎就是神經病。他詩興大發，濃墨重彩，用極其奢華的語言將園子裡美好的景致描繪了一通。突然，筆鋒一轉，他寫道：

鳳姐兒正自看院中的景致，一步步行來讚賞。

上帝啊，這句話實在是太嚇人了，它完全不符合一個人正常的心理秩序。我想告訴你們的是，這句話我不知道讀過多少遍了，在我四十歲之後，有一天夜裡，我半躺在床上再一次讀到這句話，我被這句話嚇得坐了起來。我必須在此承認，我被那個叫王熙鳳的女人嚇住了。這個世界上最起碼有兩個王熙鳳，一個是面對著秦可卿的王熙鳳，一個是背對著秦可卿的王熙鳳。和林沖一樣，王熙鳳這個女人「使人怕」。把我嚇著了的，正是那個背對著秦可卿的王熙鳳。「一步步行來讚賞」，這句話可以讓讀者的後背發涼，寒颼颼的。它太反邏輯了。

沒完，就在王熙鳳「一步步行來讚賞」的時候，另一個人恰恰在這個時候出現了，是的，他就是下流坯子賈瑞。寫一個色鬼和美女調情，老實說，百分之九十的作家都會寫。但是，我依然要說，把一個色鬼和女人的調情放在這個地方來寫，放在這個時候來寫，除了曹雪芹，沒有幾個人可以做到，不敢。剛剛探視了一個臨死的病人，回過頭來就調情，這是反邏輯的。

在決定收拾那個下流的色鬼之後，曹雪芹再一次描繪起王熙鳳的走路來了——

於是鳳姐兒方移步前來。

你看看，多麼輕鬆，多麼瀟灑，多麼從容。接下來是看戲，上樓，到了這裡，曹雪芹第三次寫到了王熙鳳的步行動態。

鳳姐兒聽了，款步提衣上了樓。

這個動作是多麼妖嬈，可以說美不勝收了。

我們來看哈，第一次，王熙鳳離開秦可卿，她是這麼「走」的，「一步步行來讚賞」，從字面上看，她的心情不錯，怡然自得，心裡頭並沒有別人，包括秦可卿。第二次，王熙鳳離開賈瑞，她是這麼「走」的，「方移步前來」，她的心情依然不錯，心裡頭也沒有別人，包括賈瑞。第三次，「款步提衣上了樓」，這一次，鳳姐的心裡頭有人麼？字面上我看不出來，但是，我們往下看。

上了樓，看完戲，曹雪芹寫了王熙鳳在樓上的一個動作，那就是她在樓上往樓下看，同時還說了一句話，「爺們都往哪裡去了？」這句話突兀了，很不著邊際。王熙鳳嘴裡的「爺們」是誰？曹雪芹沒有寫，我們不可能知道。但是，我記得我剛才留下過一個問題，是第二個問題，那就是王熙鳳在和秦可卿聊天的時候為什麼要把賈蓉支走？——王熙鳳嘴裡的「爺們」是不是賈蓉呢？曹雪芹沒有明說。當一個婆子告訴王熙鳳「爺們吃酒去了」之後，王熙鳳的一句話就更突兀、更不著邊際了。她說：「在這裡不便宜，背地裡又不知幹什麼去了？」這句話很哀怨，作為讀者，我能夠感受到王熙鳳的失望。但她為什麼失望，老實說，我們依然是不清晰的。但是，賈蓉的母親、秦可卿的婆婆，尤氏，這個時候卻突然冒出了一句話，她對王熙鳳說：「哪裡都像你這麼正經的人呢。」曹雪芹厲害吧，不早不晚，他偏偏在這個時候安排尤氏出場了，還說了這麼一句不著四六的話。這句話特別有意思，它太意味深長了。你們還記得吧，我留下過一個問題，是第一個問題，那就是──尤氏每一次見到鳳姐都要「笑嘲一陣」，這句話在這裡派上了用場，尤氏哪裡是誇鳳姐「正經」？幾乎就是指著鼻子說王熙鳳「不正經」。為什麼是尤氏來說這句話呢？道理很簡單，和王熙鳳曖昧的賈蓉，他不是別人，正是尤氏的兒子。尤氏見到王熙鳳哪裡能有好臉？「尤氏知情」這個判斷可靠不可靠？我們把它作為第三個問題，還是先放下來。

無論是「一步步行來讚賞」、「方移步前來」，還是「款步提衣上樓」，我們看到的是這樣幾點：第一，王熙鳳這個女人是貴族，姿態優雅，心很深。她養尊處優，自我感覺良好。第二，王熙鳳這個女人有兩個不同的側面，在公眾面前，也就是「當面」，她的心中「裝滿了所有的人」，她對每一個人都是無微不至的；到了私底下，也就是「背面」，她的心中空無一人，無論是閨蜜還是和她調情的下流鬼，她都沒有放在心上。她唯一放在心上的，其實只是欲望，她惦記的是「便宜」，是「背地裡」，是「不知道幹什麼去」。這讓這個貴婦人的內心稍稍有那麼一點點的著急，所以，她要「款步提衣上樓」。雖然有那麼一點點的著急，可是，一點也不失身分。正如尤氏所說的那樣，鳳姐是個「正經的人」，她走路的樣子在那裡，高貴，優雅，從容，淡定。

話說到這裡我突然就不自信了，我很擔心同學們站起來質疑我：什麼反邏輯？是你想多了，是你解讀過度了，是你分析過度了。但是，曹雪芹終究是偉大的，是他的偉大幫助我恢復了自信。曹雪芹用他第十三回幫我證明了一件事，我的解讀與分析一點也沒有過度。

在第十三回之前，曹雪芹用整整第十二回的篇幅描寫了王熙鳳的一次謀殺。接下來，第十三回來了，《紅樓夢》終於寫到了秦可卿的死，當然，還有秦可卿的葬禮。

秦可卿死了，最為痛苦的人是誰呢？第一就是賈蓉，他是秦可卿的丈夫，他的傷心不可避免；第二必須是王熙鳳，她是秦可卿的閨蜜，她的傷心也不可避免。那麼，我們往下看吧，看看曹雪芹是怎麼去描寫痛不欲生的賈蓉和痛不欲生的王熙鳳的。

可是，問題來了，攤上大事兒了，曹雪芹不僅沒有交代賈蓉和王熙鳳的情緒反應，甚至都沒有去描寫這兩個人。這兩個人在小說裡突然失蹤了。這是反邏輯的。

做出強烈情緒反應的是這樣的兩個人：第一，秦可卿的叔叔，賈寶玉，他「哇的一聲，直噴出一口血來」。第二，秦可卿的公公，賈珍，他哭得「淚人一般」，都失態了，一邊哭還一邊拍手，也就是呼天搶地，完全不顧了自己的身分和體面。賈寶玉天生就憐惜女性，秦可卿還是他的指導老師，他的情緒是可以理解的，賈珍為什麼這樣痛苦，我不知道。我可以肯定的只有一點，這是反邏輯的。

也許我們不該忘記另一個人，秦可卿的婆婆，尤氏。我們剛才把她作為第三個問題放下來了，現在，我們來看看尤氏都做了些什麼。無論是祭奠還是葬禮，尤氏都沒有出席，為什麼呢？她胃疼了。祭奠的時候，尤氏的胃疼了一次；到了秦可卿的葬禮，尤氏的胃又疼了一次。我們且不論尤氏的胃病到底有多嚴重，我想說的是，哪裡來得那麼巧？秦可卿死了，你胃疼了，秦可卿出殯了，你的胃又疼了。天底下沒有這麼巧合的事情。這是反邏輯，在這個地方，我們馬上可以得出一個判斷，尤氏在回避。尤氏知道的事情太多了，的確，賈蓉與秦可卿這對夫婦，他們是太黑的一個黑洞了。可是，她為什麼要回避兒媳婦的祭奠與葬禮呢？這與她丈夫——賈珍——的態度反差也太大了。范偉一定要問，「同樣是生活在一起的兩口子，做人的差距怎麼就這麼大的呢？」這是反邏輯的。

王熙鳳到了什麼時候才出現？在寧國府需要辦公室主任的時候。到了這個時候，王熙鳳終於在第十三回裡出現了，她順利地當上了寧國府的辦公室主任。王熙鳳過去是榮國府的辦公室主任，秦可卿呢，是寧國府的辦公室主任。現在，兩邊的辦公室主任她都當上了。到了這裡我們可以清晰地知道了一件事，王熙鳳的欲望是綜合的、龐雜的，這裡頭自然也包含了權力的欲望。王熙鳳的步行動態和她辦公室主任的身分是高度吻合的。是的，王主任的心裡頭沒人，只有她的事業與工作。我想這樣借用金聖歎的一句話：「王熙鳳自然是上上人物，只是寫得太狠，看她算得到，熬得住，把得牢，做得徹，都使人害怕。」

我們在閱讀《紅樓夢》的時候其實要做兩件事：第一，看看曹雪芹都寫了什麼；第二，看看曹雪芹都沒寫什麼。

曹雪芹為什麼就那麼不通人情、不通世故呢？他為什麼總是不按照生活的邏輯去發展小說呢？不是，是曹雪芹太通人情、太通世故了，所以，他能反邏輯；他不只是自己通，他還相信讀者，他相信我們這些讀者也是通的，所以，他敢反邏輯。因為反邏輯，曹雪芹在不停地給我們讀者挖坑，不停地給我們讀者製造「飛白」。然而，請注意我下面的這句話，——如果我們有足夠的想像力，如果我們有足夠的記憶力，如果我們有足夠的閱讀才華，我們就可以將曹雪芹所製造的那些「飛白」串聯起來的，這一串聯，了不得了，我們很快就會發現，《紅樓夢》這本書比我們所讀到的還要厚、還要長、還要深、還要大。可以這樣說，有另外的一部《紅樓夢》就藏在《紅樓夢》這本書裡頭。另一本《紅樓夢》正是用「不寫之寫」的方式去完成的。另一本《紅樓夢》是由「飛白」構成的，是由「不寫」構成的，是將「真事」隱去的。它反邏輯。《紅樓夢》是真正的大史詩，是人類小說史上的巔峰。

《紅樓夢》是無法續寫的，不要遺憾。你也許可以續寫《紅樓夢》寫實的那個部分，但是，你無論如何也無法續寫《紅樓夢》「飛白」的那個部分。即使是曹雪芹自己也未必能做得到。《紅樓夢》注定了是殘缺的，——那又怎麼樣？

現在的問題是，「飛白」，或者說，反邏輯，再或者說，「不寫之寫」真的就有那麼神奇麼？我說是的，這裡頭其實有一個美學上的距離問題。

一九一二年，英國教授瑞士人布洛發表了一篇重要的論文〈作為藝術因素和審美原則的「心理距離」說〉，在這篇論文當中，布洛第一次提出了審美的「距離」問題。我們也不要把這個理論上的說辭僵硬地往我們的問題上套，但是，距離的問題始終是藝術內部的一個大問題，這個是無法回避的。我想強調的只有一點，在「距離」這個問題上，由於東西方文化上的差異，我們在認識上有比較大的差異，西方人更習慣於「物」—「物」的距離，也就是「實」—「實」的距離，我們東方人更傾向於「物」—「意」，也就是「實」—「虛」的距離。就像中國畫，在我們的畫面上，經常就「不畫」了，不要小看了那些「飛白」，它們太講究了，它們是距離，那可是「上下五千年、縱橫八千里」的。我們的「距離」就在這一黑一白之間。

我的問題是，這怎麼就成了我們的審美方式的呢？它怎麼就變成我們的趣味的呢？簡單地說，我們是怎麼好上這一口的呢？其實，這不是憑空而來的。如果一定要挖掘一下它的由來，那我們就必須要提到《詩經》所建立起來的、偉大的審美傳統。鍾嶸在他的《詩品》裡對《詩經》做過簡略的、相對理性的分析，他說：「故詩有三義焉：一曰興，二曰比，三曰賦。」這個大家都知道，「興」是什麼呢？鍾嶸自己回答說：「文已盡而意有餘。」這句話我們太熟悉了，不動腦子都能明白。但是，我們仔細想過沒有，這句話裡頭其實有一個次序上的問題，有一個距離上的問題，——就一般的審美感受而言，「文」就是「意」，「意」就是「文」，可是，「興」所強調的恰恰不是這樣，而是文「盡」了之後所產生的意，這就很不一樣了。這才是我們東方的。「意」在「文」的後頭，它構成了一種浩大的動勢，一種浩大的慣性。我們東方詩歌所謂的「韻味」就在這裡，這一點，我們在閱讀古詩的時候都能夠體會得到。

當然，把「興」這個問題說得更加明白的還是五百年之後的朱熹。我們都知道，朱老夫子給「興」下過一個定義，這個定義很直白，那就是「先言他物以引起所詠之辭」。朱熹把次序問題，或者說距離問題說得簡單多了，你必須「先」言他物，你才可以「引起」所詠之辭。——你想說「這個」，是吧？對不起，那你要先說「那個」。說過來說過去，「那個」越說越「實」；而「這個」呢，反而越說越虛，虛到可以「不著一字」的地步，你反而可以「飛白」，你反而可以「不寫」。的確，我們中國人就是喜歡這個「意在言『外』」。

我敢說，如果沒有《詩經》，尤其是，沒有魏晉南北朝的藝術批評和理論探索，我們的唐詩就不會是這樣，我們的宋詞就不會是這樣，我們的《紅樓夢》就更不會是這樣，可以說，是中國詩人曹雪芹寫成了中國小說《紅樓夢》。如果曹雪芹沒有博大的中國詩歌修養和中國詩歌能力，《紅樓夢》不會是今天這個樣子。是的，《水滸》這本書你讓一個英國人來寫，可以的，讓一個法國人來寫，也可以的，但是，《紅樓夢》的作者只能是一個中國人，一個中國的詩人。如果沒有《詩經》和唐詩為我們這個民族預備好審美的集體無意識，曹雪芹絕對不敢寫王熙鳳「一步步行來讚賞」，打死他他也不敢這樣寫，那樣寫太詭異了。

最後我還要強調一點，是關於文本的。我不是「紅學家」，有關「紅學」我幾近無知，我只是知道一點，因為複雜的歷史原因，《紅樓夢》經歷過特殊的增刪，尤其是刪。我們今天所能讀到的這個《紅樓夢》文本，是被處理過的。即便如此，我依然要強調，作為一個一天到晚「增刪」小說的人，我想說，刪其實也是有原則的，——既有歷史現實的原則，也有小說美學的原則。它不可能是胡來，更不可能是亂刪。某種程度上說，「刪」比「寫」更能體現美學的原則。如果這個世界上真的存在這麼一個人，他刪過《紅樓夢》，我只能說，他能把《紅樓夢》刪成這樣，他也是偉大的小說家。

由於能力的局限，我只是提出了一些個人的看法，謬誤之處請老師同學們指正。

二〇一五年四月二十四日於北京大學

兩條項鍊

——小說內部的制衡和反制衡

一個女人，因為她的虛榮，向朋友借了一條鑽石項鍊參加舞會去了，在項鍊的照耀下，她在舞會上出盡了風頭。不幸的是，項鍊丟失了。虛榮的女人為了賠償這條項鍊付出了十年的艱辛。然而，十年後，她終於從項鍊的主人那裡知道，所謂的鑽石項鍊是假的。

——這就是〈項鍊〉（La Parure）。這個故事在中國家喻戶曉。家喻戶曉的原因並不複雜，它多次出現在我們的中學語文課本裡頭。家喻戶曉的原因還有一個，〈項鍊〉的寫作思路非常吻合中國的小說傳統，——因果報應。中國人的傳統思維其實有弱者的模式，自己無能為力，那就寄希望於「報應」。基於此，有一種激動人心的場面時常出現在我們的電影與電視上，一位倒楣的老漢聽說自己的仇家遭雷劈了，他老淚縱橫，不能自已，他對著蒼天捶胸頓足：「——報應啊！」他那是歡慶勝利。好了，都報應了，天下就此太平。

〈項鍊〉的「報應」當然有它的主旨，它劍指虛榮，或者說劍指女人的虛榮。如果我們「深刻」一點，我們還可以這樣說，它劍指人心腐朽與道德淪喪。如果我們的「深刻」再帶上一些歷史感，我們也有理由這樣說，是資本主義尤其是壟斷資本主義的罪惡導致了人心的腐朽與道德的淪喪。莫泊桑（Guy de Maupassant）所批判的正是這個。莫泊桑告訴我們，拜金與虛榮絕無好報。他的批判是文學的，也是數學的，也許還是物理的。像 $E=MC^2$ 一樣，〈項鍊〉這篇小說其實也可以簡化成一個等式：

（女人）一晚的虛榮＝（女人）十年的辛勞

這到底是不是真的？這不重要。烏龜到底能不能跑得過兔子？這不重要，重要的是，莫泊桑相信，拜金與虛榮本身就帶著寓言式的、宿命般的楣運。

是八歲還是九歲？做語文教師的父親第一次給我講述了〈項鍊〉。他沒有涉及拜金與虛榮，也沒有批判壟斷資本主義。他講的是「鳳頭、豬肚、豹尾」。父親說，「那一串項鍊是假的」就是「豹尾」。

是高一還是高二？我們的語文老師終於在語文課上給我們講解了〈項鍊〉。我的語文老師是我父親的老朋友，他重點講了兩條：第一，資產階級的虛榮必定會受到命運的懲罰；第二，在小說的結尾，為什麼馬蒂爾德會在弗萊思潔面前露出了「自負而又幸福的笑容」呢？這說明勞動是光榮的，勞動可以讓人幸福。

我之所以能清晰地記得這兩條，是因為老師的話太離譜了，它自相矛盾。——怎麼可以用光榮的、給人以幸福的東西去懲罰呢？這就如同我在打架之後你懲罰了我兩根光榮的油條，我再打，你再加兩個光榮的雞蛋。但是我沒有舉手，也沒有站起來，我的老師是我父親的好朋友，我不想為難他。這件事不了了之。

我至今都不能確定我的大學老師有沒有在課堂上分析過〈項鍊〉，我一點都記不起來了。就課程的設置而言，老師們講述法朗士、雨果、巴爾扎克、司湯達、福樓拜、左拉、莫泊桑差不多應該是同一個時段。關於這一個時段，我記憶裡頭有關作家和作品的部分是模糊的，清晰的只是一大堆的形容詞：虛偽、貪婪、吝嗇、腐朽、骯髒、愚蠢、殘忍、醜惡、卑劣，奸詐，行將滅亡。這些形容詞不只是修飾，更多的是界定，被修飾與被界定的中心詞只有一個，西方資本主義，或者說，西方壟斷資本主義。一句話，西方的文明是一塊臭肉。

我想說的是，在我讀大學的那四年（1983-1987）裡，人們對金錢、資本與西方依然保持著豐沛的卻又是動搖的仇恨，我們的主流意識形態依然在批判金錢、資本和西方。在我們的記憶裡，所謂的「批判現實主義」，說白了就是批判金錢主義、資本主義、歐洲主義和美國主義。是的，如果你不去讀小說，僅僅依靠課堂，你會誤以為所有的「批判現實主義」作家都是同一個寫作班培訓出來，他們類屬同一個合唱團，只訓練了一個聲部。

老實說，分析〈項鍊〉是容易的，〈項鍊〉很清晰，還簡潔。如果我們把莫泊桑和左拉放在一起加以考察，分析〈項鍊〉也許就更容易。作為一個和「自然主義」有著千絲萬縷的作家，莫泊桑一點也不「自然主義」。他另類。他獨闢蹊徑。他沒有多餘的動作。如果說，左拉鍾情的是魯智深笨重的禪杖，莫泊桑所擅長的其實是輕盈的飛鏢，「颼」地就是一下。莫泊桑不喜歡對視，他是斜著眼睛看人的；他乜斜著目光，卻例無虛發。他只讓你躺下，可他從不虐屍，碎屍萬段的事情他從來不幹。正因為另類，他的前輩法朗士，他的精神領袖左拉，他的文學導師福樓拜，都給了他極高的評價。他配得上那些評價。

〈項鍊〉是一篇很好的短篇小說，結構完整，節奏靈動，主旨明朗。直接，諷刺，機敏，洗練而又有力。你可以把它當作短篇小說的範例。如果讓我來說，我能說的也許就是這麼多。事實上，關於〈項鍊〉這個短篇，我真的已經說完了。

我真正想說的是另一件事，一個真實的小故事。就在前幾天，一位朋友看了我在《鍾山》上的專欄，特地給我打來了一個電話。他問了我這樣一個問題：你把別人的小說分析得那麼仔細，雖然聽上去滿有道理，但是，你怎麼知道作者是怎麼想的？你確定作者這樣寫就一定是這樣想的麼？

我不確定。作者是怎麼想的和我又有什麼關係呢？我不關心作者，我只是閱讀文本。

為了證明我的觀點，我補充說，——我也是寫小說的，每年都有許多論文在研究我的作品，如果那些論文只是證明「畢飛宇這麼寫是因為畢飛宇確實就是這麼想的」，那麼，文學研究這件事就該移交到刑警大隊，警察可以通過審訊作者來替代文學批評。常識是，沒有一個警察會這麼幹；沒有一個作家會在文學審訊的紀錄上簽字。

小說是公器。閱讀小說和研究小說從來就不是為了印證作者，相反，好作品的價值在激勵想像，在激勵認知。僅僅從這個意義上說，傑出的文本是大於作家的。讀者的閱讀超越了作家，是讀者的福，更是作者的福。只有少數的讀者和更加少數的作者可以享受這樣的福。

所以，關於〈項鍊〉，我依然有話要說。我所說的這些莫泊桑也許想過，也許從來就沒有想過。

一切都來源於昨天（二〇一五年七月十一日）。就在昨天下午，我在電腦上做了一件無聊的事情，其實也是一件很有意義的事情。——我把〈項鍊〉重寫了一遍。當然，所謂的重寫是不存在的，我只是在電腦上做了一個遊戲，我把馬蒂爾德的名字換成了張小芳，把馬蒂爾德丈夫路瓦賽的名字換成了王寶強，把富婆弗萊思潔的名字換成了秦小玉。幾分鐘之後，漢語版的而不是翻譯版的〈項鍊〉出現了。故事是這樣的——

二〇〇五年，在北京，教育部祕書王寶強的太太張小芳因為虛榮，她向富婆秦小玉借了一條鑽石項鍊參加部長家的派對去了。派對結束後，項鍊丟失了。為了賠償，王寶強和他的太太四處打工。十年後，也就是二〇一四年，這對夫婦終於還清了債務，他們在國慶長假的九寨溝遇上了富婆秦小玉。秦小玉沒能把蒼老不堪的張小芳認出來，然而，張小芳十分自豪地把真相告訴了秦小玉。秦小玉大吃一驚，反過來告訴了張小芳另一個真相：「那串項鍊是假的。」

雖然是自娛自樂，但我的遊戲依然有它的理性依據：今天的中國金錢至上，今天的中國資本壟斷，今天的國人太物質，今天的國人很虛榮，今天的國人愛奢侈。換言之，今天的中國和一八八四年——也就是莫泊桑發表〈項鍊〉的那一年——的法國很類似。既然社會背景是相似的，北京的故事和巴黎的故事當然就可以置換。

但是，我沮喪地發現，僅僅替換了幾個中文的人名，漢語版的〈項鍊〉面目全非。它漏洞百出、幼稚、勉強、荒唐，諸多細節都無所依據。任何一個讀者都可以輕而易舉地發現它的破綻——

第一，作為教育部公務員王寶強的太太，張小芳要參加部長家的派對，即使家裡頭沒有鑽石項鍊，張小芳也不可能去借。王寶強和他的太太都做不出那樣的事情來。

第二，相反，哪怕王寶強的家裡有鑽石項鍊，他的太太張小芳平日裡就戴著這條鑽石項鍊，可她絕不會戴著這條項鍊到部長的家裡去。在出發之前，她會取下來。她不想取下王寶強也會建議她取下。

第三，一個已婚的中國女人再幼稚、再虛榮、再不懂事，在丈夫的頂頭上司家裡，她不會搶部長太太的風頭，她一定會「低調」。當然了，部長夫人的風頭她想搶也搶不走，無論她的脖子上掛著什麼。——除非張小芳把長城買下來，再掛到她的脖子上去。

以上的三點是最為基本的中國經驗，或者說，機關常識。

第四，中國人對假貨並不陌生，國人對假貨在道德上是譴責的，在情感上卻又是依賴的。誰還沒買過假貨呢？張小芳，一個虛榮的、騷包的女人，她對假貨一定是在行的。讓她去借奢侈品，這不是張小芳大腦短路，是寫作的人腦子短路。

第五，退一步說，這對夫婦真的借了，項鍊真的被這對夫婦弄丟了，可他們真的會買一串鑽石項鍊去還給別人麼？有沒有其他的可能性？其他的可能性究竟有多大？「還項鍊」作為小說最為重要的一個支撐點，王寶強夫婦的這個行為能不能支撐這部小說？

第六，就算他們買了一條鑽石項鍊去還給人家，一條鑽石項鍊真的需要教育部的祕書辛苦十年麼？對了，還要搭上他的太太。

第七，好吧，辛苦了十年。可張小芳為什麼要去洗十年的髒衣服呢？她那麼漂亮、年輕。這年頭哪一個年輕、漂亮的女人會洗十年的髒衣服？張小芳掙錢的方式有許多，唯一不可信的方式就是做苦力。

第八，作為僅有的知情者，秦小玉白白地賺了一條鑽石項鍊，她真的會在第一時間把事情的真相告訴張小芳麼？這種可能性有沒有？有。更可能沒有。

第九，這年頭，一個年輕漂亮的女人有些物質，有些虛榮，只不過借了一條項鍊想在派對上出點小風頭，這怎麼了？怎麼就傷天害理了？你一個作家利用手上的那點寫作權力，惡意升華、草菅生活、肆意蹧踐，刻意安排人家過了十年的不幸的日子，你這不是仇富，而是變態。你的寫作心理是不健康的。一位女士的小虛榮怎麼了？那麼多的官員在那裡搞形象工程，動輒損失幾個億、幾十個億，這樣的虛榮你不管不顧，你無聊吧？你吃了藥再寫好不好？你的情感方式不適合做一個作家。

第十，就因為女人的那點小虛榮，這個社會就虛偽了？貪婪了？吝嗇了？腐朽了？骯髒了？愚蠢了？殘忍了？醜惡了？卑劣了？奸詐了？在中國，女人的虛榮什麼時候有過這麼大的能耐？造成中國嚴重社會問題的因素有許多，恰恰不是女人的虛榮。拿女人的虛榮來說這麼大的事，只能證明你的淺薄與無知。你的理性能力遠遠達不到寫作的要求。

我只是隨隨便便地列舉了十個理由，如果你願意，你也許還可以找到另外的十個理由。我只是納悶，我更好奇。——這麼好的一篇小說，什麼都沒動，僅僅替換了幾個漢語的姓名，怎麼就這樣狗血了的呢？但我可以負責任地說，這不是魔術，也不是娛樂與遊戲，相反，它的內部隱藏著真正的文學。我的能力不足，學養不足，我懇請文學研究領域的專業人士好好地面對一下這個獨特的文本，雖然這個文本是狗血的、漏洞百出的。

也正是納悶，也正是好奇，我把〈項鍊〉裡頭所有的姓名都換回去了。再看看，這一次我又能看出什麼呢？

我說過，〈項鍊〉是清晰的，——大家都知道莫泊桑想說什麼。但是，詭異的是，或許是被漢語版的〈項鍊〉嚇著了，當我回過頭來再一次閱讀〈項鍊〉的時候，我的心裡似乎有了陰影，我似乎不那麼相信莫泊桑了。我從〈項鍊〉裡頭看到了別的。這些「別的」也許不是莫泊桑的本意，我該不該把它們說出來呢？

我知道莫泊桑有嚴重的抑鬱症。但是，如果我不把我再一次閱讀〈項鍊〉的想法說出來，我也會抑鬱。

在莫泊桑的〈項鍊〉裡，我首先讀到的是忠誠，是一個人、一個公民、一個家庭，對社會的基礎性價值——也就是契約精神的無限忠誠。無論莫泊桑對資本主義抱有怎樣的失望與憤激，也無論當時的法國暗藏著怎樣的社會弊端，我想說，在一八八四年的法國，契約的精神是在的，它的根基絲毫也沒有動搖的跡象。〈項鍊〉有力地證明了這一點。

〈項鍊〉裡的契約精神一點也不複雜，那就是「借東西要還」。這不是哲學的理念，而是生命的實踐。在踐約這一點上，路瓦賽先生和他的太太馬蒂爾德為我們樹立極好的榜樣。即便是莫泊桑，在項鍊遺失之後，他可以挖苦路瓦賽夫婦，他可以諷刺路瓦賽夫婦，可莫泊桑絲毫也沒有懷疑路瓦賽夫婦踐約的決心與行為。莫泊桑不懷疑並不是莫泊桑「善良」，是他沒法懷疑，除非他不尊重生活事實。能在教育部混上書記員的人差不多可以算作一個「正常」人了，他的太太同樣是一個「正常」人。在契約社會裡，對一個「正常」的人來說，契約精神已不再是一種高高在上的國家意識形態，而是公民心理上的一個常識，是公民行為上的一個準則。它既是公民的底線，也是生活的底線。這個底線不可逾越。可以說，離開了契約精神作為精神上的背景、常識上的背景，無論其他的背景如何相似，〈項鍊〉這部小說都不足以成立，它的邏輯將全面崩潰。

在契約這個問題上，路瓦賽和馬蒂爾德都是常態的。我有理由把這樣的常態解讀成忠誠。在項鍊丟失之後，我們絲毫也看不到這一對夫婦的計謀、聰明、智慧、手段和「想辦法」，換句話說，我們看到的只有驚慌與焦慮。這說明了一件事，他們的內心絕對沒有跳出契約的動機，一絲一毫都沒有。所謂的驚慌與恐懼，骨子裡是踐約的艱辛與困難，同時也是契約的鐵血與堅固。契約精神是全體民眾的集體無意識，在路瓦賽夫婦的身上，這種集體無意識在延續，最關鍵的是，它在踐行。正因為他們的「踐行」，〈項鍊〉的悲劇才得以發生，〈項鍊〉的悲劇才成為可能，〈項鍊〉的悲劇才能夠合理。

〈項鍊〉其實是非常文明的悲劇。不是「文明」的悲劇，是「文明的」悲劇。

但是，對於作家來說，或者說，對於小說來說，「忠誠」是無法描繪的。可以描繪的是什麼？是性格與行為，——是人物的責任心，是擔當的勇氣，是不推諉的堅韌。要回答

〈項鍊〉這部小說裡頭有沒有忠誠，只要看一看路瓦賽夫婦有沒有責任心就可以了。忠誠與責任心是合而為一的，一個在理念這個領域，一個在實踐這個範疇。

非常遺憾，敬愛的莫泊桑先生，你全力描繪了馬蒂爾德的虛榮，你全力描繪了命運對馬蒂爾德的懲戒，但是，為了使得〈項鍊〉這部小說得以成立，弔詭的事情終於發生了，你不經意間塑造了另一個馬蒂爾德：負責任的馬蒂爾德和有擔當的馬蒂爾德。

也許我們不該忘記莫泊桑對「十年之後」馬蒂爾德的外貌描寫。這是〈項鍊〉裡頭極為動人的一個部分。他描寫了馬蒂爾德的「老」，他還特地寫到了馬蒂爾德「發紅的手」，這是粗糙的、長期泡在鹼水裡的、紅腫的、標準的、「勞動人民」的手。在莫泊桑的本意裡，這個「老」與「發紅的手」自然是罰單，——你就虛榮吧，你已不再年輕，你已不再美麗。

我在這裡很想談談另一個問題，那就是作家的性格。有些作家的性格是軟的、綿的，有些作家的性格是硬的、狠的。哪一個更好？心理學告訴我們，性格無所謂好也無所謂壞。但哪一種性格更適合做作家，這就不好說了。「手軟」可以成就一個作家，「手狠」也可以成就一個作家，這和文學的思潮有關。但是，總體上說，有能力、有勇氣深入的作家總是好的。我喜歡「心慈」「手狠」的作家。魯迅就是這樣。「心慈」加「手狠」大概可以算作大師級作家的共同特徵了。用李敬澤的說法，寫到關鍵的地方，「作家的手不能抖」。李敬澤說得對。是的，你的「手」不能「抖」。你「手抖」了，小說就會搖晃，小說就會失去它的穩固和力量。小說家是需要大心臟的。在虛擬世界的邊沿，優秀的小說家通常不屑於做現實倫理意義上的「好人」。

莫泊桑就「手狠」。「發紅的手」就證明了莫泊桑的「手」有多「狠」。是的，對於一個曾經的、光彩照人、眾星捧月的女性來說，還有什麼比「發紅的手」更令人不堪呢。在這裡，莫泊桑的手必須狠，否則就不足以懲戒，就不足以批判。

但是，從另一個意義上說，馬蒂爾德是在一夜之間「老去」的麼？她的手是在一夜之間「發紅」的麼？顯然不是。這個「老」與「發紅」是漸變的，有一個漫長的過程。是十年。在過去的十年裡頭，馬蒂爾德目睹了自己的面龐慢慢地「老」去，目睹了自己雙手慢慢地「發紅」。她也許流淚了，但她沒有放棄，她沒有逃逸。所以，這裡的「老」和「發紅」就是責任，就是忠誠。

的確，莫泊桑「手狠」。當他通過自己的想像看到馬蒂爾德的雙手慢慢「發紅」的時候，另一個概念必然相伴而生，那就是「十年」。在〈項鍊〉裡，莫泊桑用了一半的篇幅在懲戒馬蒂爾德，他給馬蒂爾德「判了十年」。這附帶著又告訴了我們另一件事，那就是馬蒂爾德的耐心。

我對耐心這個東西特別敏感。之所以敏感是因為我有一個發現，這個發現想必朋友們都會同意，當代的中國是沒有耐心的。我們熱衷於快。我們喜愛的是「時間就是金錢，效益就是生命」。這太滑稽了，這個振奮了我們幾十年的判斷傷害了我們這個民族，它讓高貴的生命變得粗鄙，直接就是印鈔機上吐出來的印刷品。我們人心惶惶，我們爭先恐後，我們汗流浹背，我們就此失去了優雅、淡定、從容和含英咀華般的自我觀照。沒有耐心，極大地傷害了我們這個民族的氣質。

耐心有它的標誌，——我們能像還錢一樣耐心地掙錢；——我們還能像掙錢一樣耐心地還錢，就像馬蒂爾德所做的那樣。其實我想說的是這個意思，掙錢的態度決定了還錢的態度，還錢的態度也決定了掙錢的態度。掙和還都特別重要，沒有人只掙不還，也沒有人只還不掙。要好，兩頭都好；要壞，兩頭都壞。

心情愉快，我終於要說到錢了。

關於錢，〈項鍊〉告訴我們，在一八八四年前後，也就是壟斷資本主義社會，一個法國教育部的書記員收入是可以過上中產階級生活的。我說「中產階級生活」倒也沒有胡說，無論莫泊桑怎樣描寫馬蒂爾德對自己的生活多麼不如意，但是，她的家裡有一個來自「布列塔尼」的女傭。因為女傭的存在，再怎麼說，馬蒂爾德也是衣食無憂的，甚至可以說，是豐衣足食的。

一個鬼魅的東西終於出現了，這個鬼魅的東西叫鑽石項鍊，換句話說，奢侈品。再換句話說，奢侈的生活。這條項鍊有多奢侈呢？算起來嚇人，一條等於公務員一家十年的收入。

這句話還可以換一個說法，一八八四年前後的法國，一條鑽石項鍊可以維持十年的中產階級生活。

我想說，這樣的生活是多麼美好，這個美好就是正常。我願意把所有正常的生活看作美好的生活——你是豐衣足食的，只要你別奢侈。

莫泊桑為什麼對馬蒂爾德的虛榮不能原諒？說到底，她奢侈，最起碼，她有奢侈的衝動。

健康的、美好的社會不是不可以有奢侈，可以，但是，只能是少部分奢侈；健康的、美好的社會也不是不可以有貧窮，可以，但是，只能有少部分貧窮。

最為糟糕的社會是：一方面有大量的貧窮，一方面有大量的奢侈。我說這樣的社會最糟糕，依據的是生活的常識：這樣的社會不正常。這個不正常集中體現在兩個方面：貧窮太容易，奢侈也一樣容易。從這個意義上說，一八八四年的法國是多麼正常。

所以，莫泊桑先生，息怒。在我看來，你所批判的那個「法國社會」是多麼正常，多麼美好。我寧願相信，你所批判的不是金錢、資本和西方，你所批判的僅僅是人類頑固的、不可治癒的奢侈衝動。是的，奢侈衝動它才是原罪。

最後，我想說一說〈項鍊〉作為一篇短篇小說的大前提。

〈項鍊〉這篇小說有一個所謂的眼，那就是弗萊思潔的那句話：「那一串項鍊是假的。」這句話是小說內部的驚雷。它振聾發聵。我相信第一次讀〈項鍊〉的人都會被這句話打量。換句話說，真正讓我們震驚的是什麼呢？是假貨，或者說，是假。這就是所謂的大前提。

但是，這個大前提恰恰又有一個更大的前提，那就是真。從接受心理的角度來說，「假」在什麼條件下才會使人吃驚？很簡單，「真」的環境。同樣，如果環境裡頭到處充斥著「假」，或者說，整個環境都是「假」的，那麼，這個「假」將失去它的衝擊力、爆發力和震撼力。

在〈項鍊〉裡，莫泊桑所採用的小說線性極為明瞭，假——真——假。借來的項鍊是假的，還了一條真的，最後再發現借來的項鍊是假的。「真」是一塊巨大的磐石，穩固地盤踞在生活的最中央，然後，「假」出現了。在「真」與「假」的衝突中，構成了所謂的小說戲劇性。換一個說法，如果我們將小說的線性做一次調整，變成真——假——真，能不能構成小說的戲劇衝突呢？

理論上是可以的。事實上，這樣的作品文學史上有。牽強一點說，卡繆的《異鄉人》就是這樣的作品。可我們不該忘記，《異鄉人》並不類屬現實主義，它是存在主義的代表作。存在主義的關鍵詞是什麼？荒謬。荒謬的世界是顛倒的世界，「假」盤踞在生活的中央，鬧鬼的反而是「真」。

相對於現實主義文學來說，存在主義的真——假——真這個線性關係是不可思議的。它的線性只能是假——真——假。我是不是強詞奪理了？沒有。道理不複雜，人類對現實世界的認知方式是求真，人類對現實世界的認知目的也是求真。所以，真，或者說，求真，是人類心理的基礎、認知的基礎、審美的基礎和倫理的基礎，最終，構成了我們日常生活的基礎。在這個基礎之上，「真」會使我們平靜、愉悅，而「假」則會給我們帶來震驚與恐慌。所以，現實主義的戲劇衝突只能依靠「假」對「真」衝擊來完成，而不是相反。

〈項鍊〉正是在「真」這個基礎之上所產生的故事。當莫泊桑憤怒地、譏諷地、天才地、悲天憫人地用他的假項鍊來震懾讀者靈魂的時候，他在不經意間也給我們提供了一個重要的信息，那就是，他的世道和他的世相，是真的，令人放心，是可以信賴的。

莫泊桑，你安息吧。

二〇一五年七月十二日於南京龍江

奈波爾，冰與火

——我讀〈布萊克・沃滋沃斯〉

一

一個詩人，沃滋沃斯，他窮困潦倒，以討乞為生，一直夢想著完成他最偉大的詩篇，而最終，他孤獨地死去了。——這就是〈布萊克・沃滋沃斯〉（Blake Wordsworth），是《米格爾大街》（*Miguel Street*）的第六篇。

比較下來，在小說裡頭描寫詩人要困難一些。為什麼？因為小說的語言和詩歌的語言不那麼兼容。詩人有詩人特殊的行為與語言，詩人的這種「特殊性」很容易讓小說的腔調變得做作。當然了，小說的魅力就在這裡，麻煩的地方你處理好了，所有的麻煩將閃閃發光。

奈波爾（Vidiadhar Surajprasad Naipaul）是怎樣處理這個麻煩的呢？鋪墊。——你沃滋沃斯不是一個乞丐兼詩人麼？你沃滋沃斯不是很特殊、不好寫麼？那好吧，先鋪墊。只要鋪墊到了，無論沃滋沃斯怎麼「特殊」，他在小說裡頭都不會顯得太突兀、太做作。

什麼是鋪墊？鋪墊就是修樓梯。二樓到一樓有三米高，一個大媽如果從二樓直接跳到一樓，大媽的腿就得斷。可是，如果在二樓與一樓之間修一道樓梯，大媽自己就走下來了。奈波爾是怎麼鋪墊的？在沃滋沃斯出場之前，他一口氣描寫了四個乞丐。這四個乞丐有趣極了，用今天的話說，個個都是奇葩。等第五個乞丐——也就是沃滋沃斯——出場的時候，他已經不再「特殊」，他已經不再「突兀」，他很平常。這就是小說內部的「生活」。

鋪墊的要害是什麼？簡潔。作者一定要用最少的文字讓每一個奇葩各自確立。要不然，等四個人物鋪墊下來，鋪墊的部分將會成為小說內部巨大的腫瘤，小說將會疼死。我要說，簡潔是短篇小說的靈魂，也是短篇小說的祕密。

我們來看看奈波爾是如何描寫第三個乞丐的，就一句話——

下午兩點，一個盲人由一個男孩引路，來討他的那份錢。

非常抱歉，我手頭上所選用的《米格爾街》是浙江文藝出版社二〇〇三年版的。但是，我記憶中的另一個版本叫《米格爾大街》，它有另外一種不同的翻譯，同樣是一句話——

下午兩點，一個盲人由一個男孩引路，來取走他的那一分錢。

我不懂外語，我不知道哪一個翻譯更貼緊奈波爾的原文，也就是說，我不可能知道哪一種翻譯更「信」，但是，作為讀者，我會毫不猶豫地選擇第二個翻譯，第二個翻譯「雅」。道理很簡單，「來討他的那份錢」只描寫了一個討乞的動作，而「來取走他的那一分錢」，卻有了一個乞丐的性格塑造，——這個盲人太逗了，真是一朵碩大的奇葩，他近乎無賴，天天來，天天有，時間久了，他已經忘記了自己是一個乞丐了，他可不是「討」飯來的，人家是執行公務。這個公務員很敬業，準時，正經，在隨行人員的陪同下，他氣場強大，來了就取，取了就走。這樣的正經會分泌出一種說不出來的幽默，促狹、會心、苦難、歡樂，寓諧於莊。美學上把「寓諧於莊」叫做滑稽。這才是奈波爾的風格，這才是奈波爾。所以，第二個翻譯不只是「雅」，也「達」。

補充一句，美學常識告訴我們：

內容大於形式叫悲壯。——內容太大，太強，太彪悍，形式裹不住內容了，形式就要撕裂，就要破碎，火山就要爆發，英雄就得犧牲，這就是悲壯，一般來說，悲壯的英雄都是在面臨死亡或業已死亡的時候才得以誕生。

內容等於形式呢？它叫優美。——它般配，安逸，流暢，清泉石上流，關鍵詞是和諧。大家都知道「和諧社會」這個詞，什麼意思知道嗎？是指「人」這個內容與「社會制度」這個形式高度吻合，在優越的社會制度下面，每一個人都感到了自身的幸福，就像《新聞聯播》裡頭常見的那樣，鄉親們都說：「還是社會主義好。」

至於形式大於內容，那就不妙。是內容出現了虧空，或者說，是形式出現了多餘。猴子的腦袋不夠大，人類的帽子不夠小，這就沐猴而冠了。「沐猴而冠」會讓我們覺得好笑，這個「好笑」就是滑稽，也叫喜，或者叫做喜劇。喜劇為什麼總是諷刺的？還是你自己招惹的，你出現了不該有的虧空。虧空越大，喜劇的效果越濃，所以諷刺從來離不開誇張。所以啊同學們，做人要名副其實。你不能吹牛、不能裝，一吹牛、一裝，形式馬上就會大於內容，喜感即刻就會盯上你。就說寫作這件事，假如你只寫了幾部通俗小說，借助於炒作把自己包裝成純文學作家，那就沐猴而冠了，就會成為喜劇裡的笑柄。我常說，說實話、不吹牛不只是一個道德上的問題，它首先是一個美學上的問題。

——回到小說上來，乞丐可以來「討」，乞丐也可以來「取」。你看看，小說就是這樣奇妙，也就是一個字的區別，換了人間。

二

既然說到了翻譯，我在這裡很想多說幾句。你們也許會偷著笑，你一點外語都不懂，還來談翻譯，哪裡來的資格？我告訴你，我有。我是漢語的讀者，這就是我的資格。——看一篇譯文翻譯得好不好，在某些特定的地方真的不需要外語，你把小說讀仔細就可以了，我現在就給你們舉兩個例子。

第一個例子來自茨威格（Stefan Zweig），〈一個陌生女人的來信〉（Brief einer

Unbekannten），它的譯本很多。正如我們所知道的那樣，這是一篇書信體的小說，自然就有一個收信人的稱呼問題。關於稱呼，有一個版本是這樣翻譯的——

你，和我素昧平生的你

事實上，寫信的女人和讀信的男人是什麼關係？是情人關係。不只是情人關係，他們甚至還生了一個孩子。但是，這個男人的情人太多了，他狗熊掰棒子，已經認不出這個寫信的女人了。然而有一條，不管這個男人還認不認識這個女人，他們之間不可能是「素昧平生」的關係。他們之間的關係只能是這樣的——

（你）見過多次、卻已經不再認識（我）

我特地把北京大學張玉書教授的譯本拿過來比對過一次，儘管我不懂德語，可我還是要說，張玉書教授的翻譯才是準確的。——我這麼說需要懂外語麼？不需要。

第二個例子來自《朗讀者》（臺譯：我願意為你朗讀。）（*Der Vorleser*），作者施林克（臺譯：徐林克）。它的譯本同樣眾多。在小說的第四章，女主人公漢娜正在廚房裡頭換襪子。換襪子的姿勢我們都知道，通常是一條腿站著。有一位譯者也許是功夫小說看多了，他是這樣翻譯的——

她金雞獨立似的用一條腿平衡自己

面對「一條腿站立」這個動作，白描就可以了，為什麼要「金雞獨立」呢？老實說，一看到「金雞獨立」這四個字我就鬧心。無論原作有沒有把女主人公比喻成「一隻雞」，「金雞獨立」都不可取。它傷害了小說內部的韻致，它甚至傷害了那位女主人公的形象。——我說這話需要懂外語麼？不需要的。

三

現在，布萊克．沃滋沃斯，一個乞丐，他來到「我」家的門口了。他來幹什麼？當然是要飯。可是，在回答「我」「你想幹啥」這個問題時，他的回答別致了：「我想看看你們家的蜜蜂。」

在骯髒的、貧困的乞討環境裡，這句話是陡峭的，它異峰突起，近乎做作。它之所以顯得不做作就是因為前面已經有了四朵奇葩。我們仔細看看這句話，行乞是一個絕對物質化的行為，「看蜜蜂」呢，它偏偏是非物質的，屬閒情逸致。這是詩人的語言，肯定不屬乞丐。在這裡，作者為我們提供了沃滋沃斯的另一個身分，詩人。

可是，我們再看看，這個詩人究竟是來幹啥的——

他問：「你喜歡媽媽嗎？」

「她不打我的時候，喜歡。」

他從後褲兜裡掏出一張印有鉛字的紙片，說：「這上面是首描寫母親的最偉大的詩篇。我打算賤賣給你，只要四分錢。」

這是驚心動魄的，這甚至是虐心的。頑皮，幽默。這幽默很畸形，你也許還沒有來得及笑出聲來，你的眼淚就出來了，奈波爾就是這樣。

現在我們看出來了，當奈波爾打算描寫乞丐的時候，他把乞丐寫成了詩人；相反，當奈波爾打算刻畫詩人的時候，這個詩人卻又還原成了乞丐。這樣一種合二而一的寫法太擰巴了，兩個身分幾乎在打架，看得我們都難受。但這樣的擰巴不是奈波爾沒寫好，是寫得好，很高級。這裡頭也許還暗含著奈波爾的哲學：真正的詩人他就是乞丐。

如果我們換一個寫法，像大多數平庸的作品所做的那樣，先用一個段落去交代沃滋沃斯乞丐的身分，再用另一個段落去交代沃滋沃斯詩人的身分，可以不可以呢？當然可以。但是，那樣寫不好。囉唆是次要的，關鍵是，小說一下子就失去它應有的衝擊力。

「只要四分錢」，骨子裡還隱藏著另一個巨大的東西，是精神性的，這個東西就叫「身分認同」。沃滋沃斯只認同自己的詩人身分，卻絕不認同自己的乞丐身分。對沃滋沃斯來說，這個太重要了。它牽涉另一個問題，那就是尊嚴。在〈布萊克．沃滋沃斯〉裡頭，奈波爾從頭到尾都沒有使用過「尊嚴」這個詞，但是，「尊嚴」，作為一種日常的、必備的精神力量，它一直蕩漾於小說之中，它屹立在沃滋沃斯的心裡。

所以，從寫作的意義上來說，「只要分四錢」就是沃滋沃斯的性格描寫，這和「來取走他的那一分錢」形成了巨大的反差。

四

這個短篇小說總共只有七章。在第二章的開頭，作者是這樣寫的——

大約一周以後的一天下午，在放學回家的路上，我在米格爾街的拐彎處又見到了他。

他說：「我已經等你很久啦。」

我問：「賣掉詩了嗎？」

他搖搖頭。

他說：「我院裡有棵挺好的芒果樹，是西班牙港最好的一棵。現在芒果都熟透了，紅彤彤的，果汁又多又甜。我就為這事在這兒等你，一來告訴你，二來請你去吃芒果。」

我非常喜愛這一段文字。這一段文字非常家常，屬那種生活常態的描寫。但是同學們，我想這樣告訴你們，如果不是因為這一段文字，我是不會給大家講解這一篇小說的，這一段寫得相當好。

第一，我首先要問同學們一個問題，這一段文字到底有沒有反常的地方？如果有，在哪兒？

反常的地方有兩處。一、生活常識告訴我們，乞丐都是上門去找別人的，可是，沃滋沃斯這個乞丐特殊了，他犧牲了他寶貴的謀生時間，一直在那裡等待「我」。二、乞丐的工作只有一個，向別人要吃的，這一次卻是沃滋沃斯給別人送吃的。你看，反常吧？

不要小瞧了這個反常，從這個反常開始，沃滋沃斯的身分開始變化了，他乞丐的身分開始隱去，而另一個身分，孤獨者的身分開始顯現。也就是說，沃滋沃斯由「詩人＋乞丐」，變成了「詩人＋孤獨者」。無論是乞丐還是孤獨者，都是需要別人的。

我感興趣的是，這個反常怎麼就出現了的呢？有原因麼？如果有，這個原因到底是什麼？

這個原因就是一句話，是「我」的一句問話，「賣掉詩了嗎？」

這句話可以說是整個小說的基礎。沃滋沃斯是誰？一個倒楣蛋，一個窮鬼，一個孤獨的人，在這樣一個世態炎涼的社會裡，有人搭理他麼？有說話的對象麼？當然沒有。如果我們回過頭來，仔細回看第一章，我們很快就會發現，整整第一章都是沃滋沃斯和「我」的對話，在對話的過程中，沃滋沃斯有一個重大的發現，他發現「我」也是一個詩人，並且像他「一樣有才華」。這當然是扯淡。這句話是什麼意思呢？是敏銳的、情感豐富的詩人發現了一樣東西，那個孩子，也就是「我」，是一個富於同情心的人。這個寶貴的同情心在他們第二次見面的時候立即得到了證實：一見面，孩子就問，——賣掉詩了嗎？對沃滋沃斯來說，還有什麼比這個更寶貴的呢？沒有了。話說到這裡我們就明白了，他在路邊等「我」一點也不反常。這一老一少彼此都有情感上的訴求。我想告訴你們的是，〈布萊克．沃滋沃斯〉是一篇非常淒涼的小說，但是，它的色調，或者說語言風格，卻是溫情的，甚至是俏皮的、歡樂的。這太不可思議了。奈波爾的魅力就在於，他能讓冰火相容。

第二，沃滋沃斯不去要飯，卻在那裡等「我」、邀請「我」，為的是什麼？從最終的結果來看，當然請「我」吃芒果。讓我們來注意一下，那麼簡潔的奈波爾，怎麼突然那麼囉唆，讓沃滋沃斯說了一大堆的話。這番話呈現出來的卻不是別的，是沃滋沃斯和一棵芒果樹的關係，什麼關係？審美的關係。我不知道別人是怎麼看待這一段的，這一段在我的眼裡迷人了，一個潦倒到這個地步的人還如此在意生活裡的美，還急切地渴望他人來分享美，它是鼓舞人心的。

許多人都有一個誤解，審美是藝術上的事，是藝術家的事，真的不是。審美是每一個人的事，在許多時候，當事人自己不知道罷了。審美的背後蘊藏著巨大的價值訴求，蘊藏著價值的系統與序列。可以這樣說，一個民族和一個時代的質量往往取決於這個民族和這個時代的審美願望、審美能力和審美水平。如果因為貧窮我們在心理上就剔除了美，它的後果無非就是兩條：一、美的麻木；二、美的誤判。美的誤判相當可怕，具體的表現就是拿心機當智慧的美，拿野蠻當崇高的美，拿愚昧當堅韌的美，拿奴性當信仰的美，拿流氓當瀟灑的美，拿權術當謀略的美，拿背叛當靈動的美，拿貪婪當理想的美。

奈波爾的價值到底在哪裡？是為我們描繪了一幅貧困、骯髒、令人窒息、毫無希望的社會景區，但是，這貧困、骯髒、令人窒息、毫無希望的生活從來就沒有真正絕望過。正如余華在《活著》的韓文版序言裡所說的那樣，它證明了「絕望的不存在」。它生機勃勃，有滋有味，蕩氣迴腸，一句話，審美從未缺席。這個太重要了。這欲望一點也不悲壯，相反，很家常；你看看沃滋沃斯，都潦倒成啥樣了，討飯都討不著，他在意的依然是一棵樹的姿態。

第三，而事實上，在這段文字裡，「西班牙港最好的」芒果樹其實不是樹，是愛情。就在第二章裡，有一段沃滋沃斯的追憶似水年華：「姑娘的丈夫非常難過，決定從此再也不去動姑娘花園裡的一草一木。於是，花園留了下來，樹木沒人管理，越長越高。」文學界流行一句話，愛情不好寫，這是真的，愛情從來都不好寫，我到現在都害怕描寫愛情。可我要說，在這篇小說裡頭，愛情的描寫太成功了，它一共只有短短的九行。然而，如果我們有足夠的敏感，有足夠好的記憶力，我們在閱讀這一段追憶似水年華的時候突然會醒悟，會聯想起前面有關「等待」的那段話：天哪，難怪沃滋沃斯要在那裡等待孩子，難怪他要請孩子去看芒果樹，難怪他要讓孩子去吃芒果，這一切都是因為他的愛情。他要看著孩子吃掉那些「紅彤彤」的芒果，他要看著蜜汁一樣黏稠的果汁染紅孩子的「襯衫」。看出來了吧，奈波爾對愛情的描繪絕對不是短短的九行，從「等待」就開始了。所以，好讀者不能看到後面就忘了前面，好讀者一定要會聯想。——奈波爾讓沃滋沃斯等待「我」的時候描寫愛情了麼？沒有。都藏在底下了，這就是所謂的「冰山一角」。從小說的風格上說，這就叫含蓄；從小說的氣質上說，這就叫深沉。好的小說一定有好的氣質，好的小說一定是深沉的。你有能力看到，你就能體會這種深沉，如果你沒有這個能力，你反而有勇氣批評作家淺薄。

我在這裡羅列了第一、第二、第三，特別地清晰。可我要強調一下，這是課堂，是出於課堂的需要，要不然你們就聽不清楚了，——但你們千萬千萬不要誤解，以為作家的創作思維也是這樣的，先備好課，再一步一步地寫，還分出一、二、三、四，不是，絕對不是。那樣是沒法寫小說的。我想你們都知道，講小說和寫小說不是一碼事。在寫作的時候，作家的思維要混沌得多，開放得多，靈動得多，深入得多。有一種思維模式叫做直覺，心理學告訴我們，直覺是非理性的，是一種非常特殊的內心機制，有時候，它甚至就不是一種思維。很抱歉，這個我就說不好了。說不好也好辦，我們就把那種內心的動態叫做天賦吧。天賦就是他知道該怎麼寫。

對了，因為我來了南京大學，經常有記者問我，寫作到底能不能教？當然能教，我現在就在教你們。但是有一點我必須承認，天賦是沒法教的，我自己都沒有天賦，如何去教你們？可是，我依然要強調，只要你熱愛，用心，用腦子，再有一個好老師，你自己就有能力挖掘自己的天賦，會讓自己的天賦最大化，這一點我一絲一毫也不懷疑。我同樣不懷疑的還有一條，你不用心，不用功，不思考，不感受，不訓練，那你哪怕是莫言，最終也只能是閉嘴。

也許我還要補充一點，在文學這個問題上，我們一定要祛魅，不要刻意地神化天賦。神化天賦是一些人的虛榮心在鬧鬼，別信。你們要相信我，天賦是可以發掘的，天賦也是可以生長的，直到你嚇了自己一大跳。

五

小說的第三章、第四章和第五章差不多是雷同的，只寫了一個內容，那就是沃滋沃斯的現實之痛。這個現實之痛並不是沃滋沃斯吃不上飯，而是沃滋沃斯始終沒能把「世界上最偉大的詩篇」給寫出來。而事實上，我說這三章是雷同的是一個不負責任的說法，它們的區別其實很大，分別代表了沃滋沃斯幾種不同的人生狀態。唯一雷同的是小說的方式，差不多全是對話，也就是沃滋沃斯和「我」的對話。關於這個部分，我有兩點要說。

一、對話。

對話其實是小說內部特別具有欺騙性的一種表述方式，許多初學者誤以為它很容易，就讓人物不停地說，有時候，一部長篇能從頭「說」到尾。這樣的作品非常多。

給你們講一個故事，是聶華苓的故事。聶華苓六〇年代就去了美國，在美國待了五十多年了，用英語寫作一點問題都沒有。可是，她一直用漢語寫。有一天我問她，為什麼不直接用英語寫作呢？用漢語寫還要翻譯，多麻煩哪。聶老師說不行，她嘗試過。用英語去描寫、去敘述一點問題都沒有，但是，一寫到人物的對話，穿幫了，美國的讀者一眼就知道不是母語小說，而是用外語寫的。

聽了這番話我很高興。我在實踐中很早就意識到對話的不易了，——對話是難的，仔細想一想就能明白其中的道理了，這裡頭有一個小說人物與小說語言的距離問題。描寫和敘述是作家的權力範圍之內的事，它們呈現著作者的語言風格，它離作家很近，離小說裡的人物反而遠。對話呢？因為是小說人物的言語，是小說的人物「說」出來的，這樣的語言和小說人物是零距離的，它呈現的是小說人物的性格，恰恰不是作家個人的語言風格，作家很難把控，它其實不在作家的權力範圍之內。你很難保證這些話是小說的人物說的，而不是來自作家。許多作品如此熱衷於對話，並不是因為作者的對話寫得好，而是因為作者在敘事與描寫方面不過關，沒才能，怕吃苦，想偷懶，回頭一想，嗨，那就用對話來替代吧，多省事呢。這樣的對話其實不是對話，而是規避描寫與敘事。老實說，我至今都看不上從頭到尾都是對話的小說。從頭到尾都採用對話，寫寫通俗小說是可以的，純文學肯定不行，純文學有它的難度要求，對對話也有特殊的要求。在這個問題上我們一定要有數，千萬不要因為自己的無知就以為對話很好寫。羅曼・羅蘭寫小說已經功成名就了，後來寫起了話劇，有人問他為什麼，他說，練習寫對話。這是很能說明問題的。在過去的二十年裡頭，北京人民藝術劇院多次請我寫話劇，包括林兆華導演，我一直沒答應。許多人都批評我，說我太傲慢了。我哪裡是傲慢哪，上帝，我是沒那個本事。千萬別以為小說寫得好對話就一定寫得好，每個作家都要揚長避短的。

二、詩人之痛。

我對詩人之痛特別有興趣，因為我喜歡李商隱的詩。這個李商隱呢，和沃滋沃斯一樣，也是一個痛苦了一輩子的詩人。其實，如果我們把中國的詩歌史翻出來看看，從屈原，到王粲，再到庾信、李白、柳宗元，一路捋下去吧，我們很快就可以發現一件事，每一個詩人都有自己的「李商隱之痛」，就像北島所說的那樣，「每一棵樹都有自己的貓頭鷹」。——就在我現在所坐的這個位置上，陸建德老師說過一句話，巧了，李敬澤老師也在這個座位說過一句話，兩位老師的話是一樣的。兩位老師說，中國的詩人都有一句話憋在心裡頭，說不出口：

我痛苦啊，到現在都當不上宰相。

在座的同學如果當時也在場，你們一定還記得。

中國是一個詩的國度。美妙的是，輝煌的中國詩歌史是由一代又一代官場的失敗者寫成的。這個太獨特了。他們痛苦，但是，請你們注意一下，他們很少因為他們的詩歌而痛苦，除了那個倒楣的賈島。這是非常有意思的。可以這樣說，我們的詩人都有自己的「李牛黨爭」，他們都在這個夾縫裡，他們生不逢時的痛苦代代相傳，生生不息。

虛負凌雲萬丈才，一生襟抱未曾開。

這是李商隱最為著名的兩句詩，太典型了，太有代表性了。這個「萬丈才」指的是什麼，這個「未曾開」又意味著什麼，我想在座的都懂。我想指出的是，這種足以令人窒息的鬱悶與痛苦偏偏和詩歌無關，雖然他們都是偉大的詩人。這個太有意思了。

我喜歡沃滋沃斯的痛苦，我這樣說不是幸災樂禍，千萬不要誤會哈，這個你們懂的。我的意思是，作為一個詩人，沃滋沃斯的痛苦和麵包有關，和愛情有關，和孤獨有關，和自己尚未完成的作品有關，但是，和「萬丈才」無關，和「未曾開」無關。作為一個中文系畢業的畢業生，是奈波爾讓我看到了另一種「詩人之痛」，他豐富了我，他讓我看到了另一個世界，我感謝奈波爾。

六

小說到了第六章了，不幸的事情終於來了，沃滋沃斯死了。在沃滋沃斯臨死之前，他把「我」摟在了懷裡，對「我」說了這樣的一番話——

> 現在你聽我講，以前我給你講過一個關於少年詩人和女詩人的故事，你還記得嗎？那不是真事，是我編出來的。還有那些什麼作詩和世界上最偉大的詩，也是假

的。

我一直在反覆強調，這是一篇淒涼的小說，但同時也是一篇溫情的小說。我還說，奈波爾始終在塑造沃滋沃斯的性格，自尊，現在我必須要加上一條了，善良。

如果你們一定要逼著我說出這篇小說最讓我感動的地方，我只會說，同情。但「同情」這個詞恰恰又是危險的，它很容易和施捨混合起來，這裡頭當然也包括精神上的施捨。這篇小說告訴我們，同情和施捨無關，僅僅是感同身受。——你千萬不要為我痛苦。

我這樣說是不是有點心靈雞湯的味道？不是。我想談的反而是另一個東西，歷史觀。在我看來，在我們的歷史觀裡頭，有一個大惡，我把它叫做「歷史虛榮」。糟糕的文化正是「歷史虛榮」的沃土。「歷史虛榮」可以使一個人無視他人的感受、無視他人的生命、無視現實的生命，唯一在意的僅僅是「歷史將如何銘記我」。它的代價是什麼？是讓別人、讓後來的人，背負著巨大的身心壓力。——我死了，可我不能讓你舒服。常識是，「歷史虛榮」傷害的絕不是歷史，一定涵蓋了現實與未來。

七

現在我想來談一談小說的面。只要一說起小說的「面」，我們很容易想起福斯特（Edward Morgan Forster）和他的《小說面面觀》（*Aspects of the novel*）。那是一部教人如何閱讀小說的頂級教材。我沒有福斯特的能力，講不了那麼全面，我現在所說的面是小說的層面。這個問題挺要緊的，屬小說的技術，這個技術不只是對閱讀要緊，對寫作也一樣要緊。

無論閱讀什麼樣的小說，哪怕是現代主義小說，我們首先要找到小說的一個基本面。這個基本面是由小說的敘事時間和小說的敘事空間來完成的。換句話說，不管你的小說如何上天入地，小說必須回到這個基本層面上來，在這個層面上發展，在這個層面上完善，否則小說就沒法寫，也沒法讀，那就亂了套了。

在〈布萊克．沃滋沃斯〉這部小說裡，一共有幾個層面呢？四個，我們一個一個說。

在第一個層面，也就是小說的基礎層面，總共有四個人物。一、「我」；二、沃滋沃斯；三、「我」母親；四、警察。這四個人物存在於同一個時間與空間裡頭。小說是以

「我」和沃滋沃斯做主體的，那麼，奈波爾為什麼要涉及「我」母親和那個警察呢？道理一說就通，母親與警察構成了小說的背景，是他們構成了小說內部冰冷的文化氛圍。關於那個警察，小說裡一共只有兩句話，但是，有和沒有，區別是巨大的。

第二個層面本來不存在，但是，由於小說技術上的需要，奈波爾必須在沃滋沃斯出場之前為他做鋪墊，這一來第二個層面就出現了，也是由四個人構成的，第一個乞丐，第二個乞丐，第三個乞丐和第四個乞丐。這個層面來自作者，屬作者的敘事層面。

第三個層面來自沃滋沃斯的鉤沉，是沃滋沃斯的一段愛情。只有一個人物，當然是那個「酷愛花草樹木」的姑娘。這個層面絕對不能少，它決定了小說的縱深，它影響並決定了第一層面裡頭沃滋沃斯的一切，行動，還有語言。如果沒有這個層面，用黑格爾的說法，沃滋沃斯就不再是「這一個」沃滋沃斯。理論上說，小說裡的每一個人都必須是「這一個」，否則，他就會游離，缺氧，從而失去生命。

容易被我們忽略的是第四個層面。大家想一想，這個小說有沒有第四個層面？有的。第四個層面來自姑娘的腹部，人物也是一個，就是「死在姑娘肚子裡」的「小詩人」。從小說的結構來講，有沒有這個層面都不會影響小說的大局，但是，就情緒而言，這一個層面又是重要的，它就是一個小小的錐子，一直插到沃滋沃斯心臟的最深處。

八

最後我們要談的依然是一個技術問題，結構。說起結構，問題將會變得複雜。長篇有長篇的結構，中篇有中篇的結構，短篇有短篇的結構。我一直說，長、中、短不是一個東西不同的長度，而是三個不同的東西。它們是三個不同的文體。一般來說，作家都有他的局限、他的專擅，很難在長、中、短這三個領域呼風喚雨。奈波爾是一個例外，他幾乎沒有短板。這是很罕見的，這是我格外喜歡奈波爾的一個重要原因。

短篇小說的結構又要細分，故事類的，非故事類的。如果是故事類的，還要分，封閉結構，開放結構。——這些東西我們今天統統不談。我們今天只講短篇小說非故事類的結構。

〈布萊克．沃滋沃斯〉是標準的、非故事類的短篇，嚴格地說，是一個人物的傳記。和傳記不同的是，它添加了一個人物，也就是「我」，這一來，「我」和小說人物就構成了一個關係。對小說來說，人物是目的，但是，為了完成這個目的，依仗的卻是關係。關係沒有了，人物也就沒有了。關係與人物是互為表裡的。

那好，〈布萊克．沃滋沃斯〉就是一個人物傳記，它沒有故事，如何去結構呢？我要告訴你們的是，寫這樣的小說不能犯傻，去選擇什麼線性結構，那個是要出人命的。放棄了線性結構，如何結構呢？當然是點面結構。事實上，奈波爾所選用的就正是點面結構。面對這樣一個具體的作品，你讓奈波爾採用線性結構，奈波爾也無能為力。

現在的問題是，經常有年輕人問我，點面結構的作品如何去保證小說結構的「完整度」呢？

先來聽我講故事吧。電影這個東西剛剛來到拉美的時候，拉美的觀眾很害怕：銀幕上的人物怎麼都是大腦袋？身體哪裡去了？這個細節在《百年孤寂》裡頭就有所展現。面對這個問題，我們可以不可以反過來問，電影攝影師為什麼只拍演員的腦袋？他憑什麼把演員的身體給放棄了？回答這個問題的是德國心理學家韋特海默（Max Wertheimer），他創立了格式塔理論，也叫完形心理學。

完形心理學向我們揭示了一個認知上的驚天大祕密，那就是，我們在認知的過程中，始終存在一個次序的問題：先整體，後局部。拿看電影來說，只要我們在銀幕上看到了一個大腦袋，我們的腦海裡立即就會建構起一個「完整」的人，我們不會把它看作一個孤立的、滴血的、搬了家的大腦袋。這不是由鏡頭決定的，是由我們的認知決定的。正因為有了這樣的一個認知做前提，攝影師才敢捨棄演員的身體，只盯著這演員的大腦袋。

——我們都知道「盲人摸象」這個笑話，這個笑話的基礎是什麼？是盲人的認知裡頭根本沒有大象這個「完形」。對任何一個健全人來說，一看到象牙就可以看到大象，但是，對盲人來說，他們不行，在他們的巴掌底下，大象只能是一柄由粗而細的長矛。

回到小說，如果你想寫一個傳記性的人物，他總共活了九十八歲，你要把九十八年統統寫一遍麼？那就傻帽了。你根本就不需要考慮線性的完整性，它可以是斷裂的、零散的。甚至可以說，它必須是斷裂的、零散的，彷彿銀幕上捨棄了身體的大腦袋。你只要把大腦袋上的眼神、表情給說好了、說生動了、說準確了、說具體了，永遠也不要擔心讀者追著你去討要人物的大腿、小腿和腳丫子。——非故事類的短篇就是這樣，結構完完整整的，未必好，東一榔頭西一棒，未必就不好。

兄弟才疏學淺，孤陋寡聞，講得不對的地方歡迎同學們批評。小說閱讀是一件非常個人化的事情，我們看法沒有真理性，如果有不同的意見歡迎老師同學們批評指正。

二〇一五年九月十七日於南京大學

什麼是故鄉？

——讀魯迅先生的〈故鄉〉

我沒有什麼學問，真的談不了什麼大問題。因為能力的局限，我只能和大家一起回顧一下中學教材裡的一篇小說，也就是魯迅先生的〈故鄉〉。我們都知道，魯迅研究是一門很獨特的學科，它博大精深，已經抵達了非常高的水準，以我的學養，是插不上嘴的。可是話又得說回來，關於魯迅，太多的中國作家表達過這樣的意思——「雖不能至，心嚮往之」。我今天來講大先生的〈故鄉〉，其實就是一個讀者的致敬，屬心嚮往之。懇請大家不要用批評家的要求來衡量我，更不能把我的演講當作「魯迅研究」，那個要貽笑大方的。有說得不對的地方，敬請同行朋友們多包涵、多指正。

一　基礎體溫。冷

〈故鄉〉來自短篇小說集《吶喊》。關於短篇小說集，我有話說。許多讀者喜歡讀單篇的短篇，卻不喜歡讀短篇小說集，這個習慣就不太好。其實，短篇小說是要放在短篇小說集裡頭去閱讀的。一個小說家的短篇小說到底怎麼樣，有時候，單篇看不出來，有一本集子就一覽無餘了。舉一個例子，有些短篇小說非常好，可是，放到集子裡去，你很快就會發現這個作家有一個基本的套路，全是一個模式。你可以以一當十的。這就是大問題。好的短篇集一定是像《吶喊》這樣的，千姿百態，但是，在單篇與單篇之間，又有它內在的、近乎死心眼一般的邏輯。

如果我們的手頭正好有一本《吶喊》，我們沿著〈狂人日記〉、〈孔乙己〉、〈藥〉、〈頭髮的故事〉、〈風波〉這個次序往下看，這就到了〈故鄉〉了。讀到這裡，我們能感受到什麼呢？我們首先會感覺到冷。不是動態的、北風呼嘯的那種冷，是寂靜的、天寒地凍的那種冷。這就太奇怪了。這個奇怪體現在兩個方面——

第一，你魯迅不是吶喊麼？常識告訴我們，吶喊必然是激情澎湃的，必然是汪洋恣肆的，甚至於，必然是臉紅脖子粗的。你魯迅的吶喊怎麼就這樣冷靜的呢？這到底是不是吶喊？請注意，魯迅的嗓音並不大，和正常的說話沒有什麼兩樣，然而，這才是魯迅式的吶喊。在魯迅看來，中國是這樣的一個國家，人人都信奉「沉默是金」。一個人得了癌症了，誰都知道，但是，誰都不說，尤其不願意第一個說。這就是魯迅所痛恨的「和光同塵」。「和光同塵」導致了一種環境，或者說文化，那就是「死一般的寂靜」。就在這「死一般的寂靜」裡，魯迅用非常正常的音量說一句「你得了癌症了」，它是「於無聲處聽驚雷」。很冷靜。這才是魯迅式的吶喊，——魯迅的特點不是嗓子大，是「一語道破」，也就是「一針見血」，和別人比音量，魯迅是不幹的。別一看到「吶喊」這兩個字立馬就想起臉紅脖子粗，魯迅這樣的。作為一個一流的小說家，作為一個擁有特殊「腔調」的小說家，魯迅永遠也不可能臉紅脖子粗。扯著嗓子叫喊的，那叫郭沫若，不叫魯迅。我要強調的是，我們不能被魯迅欺騙了，我們要在象徵主義這個框架之內去理解魯迅先生的「吶喊」，而不僅僅是字面。關於象徵主義，我還有話要說，我們放到後面去說。

第二，面對一個吶喊者，我們應當感受到吶喊者炙熱而又搖晃的體溫，但是，讀《吶喊》，我們不僅感受不到那種炙熱而又搖晃的體溫，相反，我們感到了冷。的確，冷是魯迅先生的一個關鍵詞。

是冷構成了魯迅先生的辨別度。他很冷，很陰，還硬，像冰，充滿了剛氣。關於剛，有一個詞大家都知道，叫「陽剛」。從理論上說，陽和剛是一對孿生兄弟；陰和柔則是一對血親姊妹。它們屬對應的兩個審美範疇。可是，出大事兒了，是中國的美學史上，伴隨著小說家魯迅的出場，在陽剛和陰柔之外，一個全新的小說審美模式出現了，那就是「陰剛」。作為一個小說家，魯迅一出手就給我們提供了一種全新的審美模式，這是何等厲害。通常，一個小說家需要很長時間的實踐才能培育起自己的語言風格，更不用說美學模式了，魯迅一出手就做到了。艾略特（Thomas Steams Eliot）有一篇著名的論文，〈傳統與個人才能〉（Traditional and the Individual Talent）。借用艾略特的說法，我自然不會忽視「傳統」、也就是歷史的原因，但我們更加不能忽視的是魯迅的「個人才能」。說魯迅是小說天才一點也不過分。但是，我永遠也不會說魯迅是小說天才，那樣說不是高估了先生，是低估了先生。我這樣說一點也不是感情用事，人家的文本就在我們手上。它經得起讀者的千人閱、萬人讀，也經得起研究者們千人研、萬人究。魯迅最為硬氣的地方就在這兒，他經得起。

既然說到了冷，我附帶著要說一個特別有意思的東西了，那就是一個作家的基礎體溫。正如每個人都有自己的基礎體溫一樣，每一個作家也都有他自己的基礎體溫。在中國現代文學裡頭，基礎體溫最高的作家也許是巴金。我不會把巴金的小說捧到天上去，但是，這個作家是滾燙的，有赤子的心，有赤子的情。一個作家一輩子都沒有喪失他的赤子心、赤子情，一輩子也沒有降溫，在我們這樣一個特殊的文化背景裡頭，這有多難，這有多麼寶貴，我們捫心自問一下就可以了。我很愛巴金先生，他永遠是暖和的。他的體溫是它最為傑出的一部作品。

基礎體溫最低的是誰？當然是張愛玲。因為特殊的原因，因為大氣候，現代文學史上的作家總體上是熱的，偏偏就出了一個張愛玲，這也是異數。這個張愛玲太聰明了，太明白了，冰雪聰明，所以她就和冰雪一樣冷。她的冷是骨子裡的。人們喜歡張愛玲，人們也害怕張愛玲，誰不怕？我就怕。我要是遇見張愛玲，離她八丈遠我就會向她鞠躬，這樣我就不必和她握手了。我受不了她冰冷的手。

另一個最冷的作家偏偏就是魯迅。這更是一個異數。——魯迅為什麼這麼冷？幾乎就是一個懸案。

我現在的問題是，魯迅的基礎體溫到底是高的還是低的？這個問題很考驗人，尤其考驗我們的魯迅閱讀量。如果我們對魯迅有一個整體性的、框架性的閱讀，結論是顯性的，魯迅的基礎體溫著實非常高。但是，一旦遇上小說，他的小說溫度突然又降下來了。這是一個觸目驚心的矛盾。作為一個讀者，我的問題是，什麼是魯迅的冷？我的回答是兩個字，克制。說魯迅克制我也許會惹麻煩，但是，說小說家魯迅克制我估計一點麻煩也沒有。魯迅的冷和張愛玲的冷其實是有相似的地方的，他們畢竟有類似的際遇，但是，他們的冷區別更大。我時刻能夠感受到魯迅先生的那種克制。他太克制了，其實是很讓人心疼的。他不停地給自己手上的那支「金不換」降溫。要把這個問題說清楚，不要說一次演講，一本書也許都不夠。今天我們不說這個。我只想說，過於克制和過於寒冷的小說通常是不討喜的，很不討喜，但是，魯迅骨子裡的幽默幫助了小說家魯迅。是幽默讓魯迅的小說充滿了人間的氣味。如果沒有骨子裡的那份幽默，魯迅的文化價值不會打折扣，但是，他小說的魅力會大打折扣。魯迅的幽默也是一個極好的話題，但我們不要跑題，我們今天也不說，繼續回到溫度，回到〈故鄉〉——

讀《吶喊》本來就很冷了，我們來到了〈故鄉〉，第一句話就是：「我冒了嚴寒，回到相隔二千餘里，別了二十餘年的故鄉去。」冷吧？很冷。不只是精神上冷，身體上都冷。

我的問題來了，作為虛構類的小說，——「我」可以不可以在酷暑難當的時候回「故鄉」？可以。可以不可以在春暖花開的時候回「故鄉」？可以。可以不可以在秋高氣爽的時候回「故鄉」？當然也可以。可是我要說，即使是虛構，魯迅也不會做過多的選擇，他必須、也只能「冒了嚴寒」回去。為什麼？因為回去的那個地點太關鍵了，它是「故鄉」。它是《吶喊》這個小說集子裡的「故鄉」。

二　什麼是故鄉？

我剛才留下了一個問題，是關於象徵主義的。我說過，理解魯迅的小說，一定不能離開象徵主義這個大的框架。象徵主義是西方現代主義的一個專有名詞。大家都知道，西方現代主義可不是改革開放之後才進入中國的，它在五四時期就和中國的現代文學有著千絲萬縷的聯繫了，五四文學其實是我們的第一代「先鋒文學」。因為救亡壓倒了啟蒙，現代主義文學的實踐後來中斷了而已。談論魯迅的小說，象徵主義是一個無法逾越的話題。

按照我們現行的現代文學史，通常都把魯迅界定為偉大的現實主義作家。從思想與文化意義上說，這個說得通，但是，僅僅局限在小說修辭的內部，這個判斷其實是不準確的。的確，魯迅擁有無與倫比的寫實能力，但是，寫實能力是一碼事，是不是現實主義作家則是另外的一碼事。我們在談論魯迅的象徵主義創作時，一般習慣於討論《野草》和〈狂人日記〉。但是，我們先來看茅盾先生的《子夜》吧，《子夜》的故事發生在哪裡？上海。《子夜》寫的是什麼？上海。你要想瞭解二〇年代、三〇年代的上海，你就去讀《子夜》，那是地道的上海「詩史」，甚至乾脆就是歷史。在當年的上海，吳蓀甫和趙伯韜一抓一大把。你要說《子夜》寫的是三〇年代的瀋陽或陝北，我會抽死你。這是標準的現實主義作品。現實主義和象徵主義最大的區別就在一個基本點上，看它有沒有隱喻性，或者說，延展性。通俗地說，現實主義是由此及此的，象徵主義則是由此及彼的，——言在象，而意在徵。

魯迅深得象徵主義的精髓，從《吶喊》開篇〈狂人日記〉開始，魯迅小說的基本模式就不是現實主義，而是象徵主義的。魯迅先生對象徵主義手法的運用，在〈藥〉這個小說裡頭幾乎抵達了頂點。正因為如此，在《吶喊》裡頭，〈藥〉反而有缺憾，它太在意象徵主義的隱喻性了，它太在意「象」背後的那個「徵」了。所以，〈藥〉是勉強的。包括小說的名字。可以說，〈藥〉的不盡人意不是現實主義的遺憾，相反，是象徵主義的生硬與局限。

和〈藥〉比較起來，〈故鄉〉要自然得多。——如果我們對魯迅沒有一個整體性的閱讀，把〈故鄉〉這樣的作品當作「鄉土小說」或「風俗小說」去閱讀，一點問題都沒有。但是，〈故鄉〉絕對不是「鄉土小說」或「風俗小說」，魯迅是不甘心做那樣的作家的。從作家的天性上說，魯迅很貪大；從作家的實際處境來說，魯迅有「任務」，也就是「聽將令」。

有兩句話我不得不說，第一，先生是一個很早熟的作家；第二，魯迅是一個大器晚成的小說家。這就帶來了一個問題，先生其實是一個把自己書寫過兩遍的作家。他「重寫」了他自己。這在世界文學史上也許都沒有先例。事實上，在寫小說之前，先生的思想與藝術能力就已經很成熟了，但是，有兩個「使命」他沒有完成：第一，他不夠普羅；第二，尚沒有「白話」。這兩件事其實是一件事。因為陳獨秀等一干同仁，先生用當時根本就「不算文學」的「小說」把自己「改寫」了一遍，同時，也用白話把自己「翻譯」了一遍。可以這樣說，為了啟蒙，先生放下了身段，來了一次「二次革命」，這才有了我們所知道的魯迅。請聽清楚了，——在魯迅的時代，尤其是，以魯迅的身分，做「小說家」可不是一件光榮的事情，連體面都不一定說得上。小說是寫給誰讀的？是給魯迅媽媽那樣的、「識字」的人讀的。這一點我們一定要明白，不明白這個，我們根本就無法了解魯迅，更無法瞭解魯迅的小說。

正因為如此，可以這樣說，在魯迅的小說裡頭，其實只有一樣東西，那就是啟蒙。啟誰的蒙？當然是啟「國人」的蒙。換句話說，離開了「國人」，也就是「中國」這個大概念，魯迅絕不會動手去寫「小說」這麼一個勞什子。——他實在是懷抱著「使命」才去做的。好，魯迅的小說終於要寫到「故鄉」了，我的問題是，這個「故鄉」是沈從文的故鄉麼？是汪曾祺的故鄉麼？當然不是。真正描寫故鄉必然離不開兩樣東西：一是鄉愁，二是閒情逸致。魯迅的〈故鄉〉恰恰是一篇沒有鄉愁、沒有閒情逸致的〈故鄉〉，魯迅不喜歡那些小調調，魯迅可沒有那樣的閒心。魯迅的情懷是巨大的。

可是，我們不得不說，作為小說家的魯迅又有一個小小的偏好，或者說特點，那就是小切口。這是魯迅小說的美學原則。魯迅的小說可以當作「史詩」去讀，但魯迅個人偏偏不喜歡「史詩」。即使和茅、和巴、和老、和曹比較起來，魯迅小說的切口也要小很多。說到這裡一切都簡單了，小切口的小說必然在意一個東西，那就是它的延展性，也就是它的隱喻性，換句話說，魯迅的小說必然會偏向於象徵主義。所以，所謂的「故鄉」，它不可能是「郵票大小的地方」，魯迅會對「郵票大小的地方」有興趣麼？不可能的。他著眼的是康有為所說的那個「山河人民」。在魯迅的筆下，〈故鄉〉是一篇面向中華民族發言的小說，它必須是「中國」，只能是「中國」。這就不難理解〈故鄉〉為什麼會成為《吶喊》的一個部分。〈故鄉〉是象徵主義的，正如《吶喊》是象徵主義的一樣。

既然說到了象徵主義，我不得不說，和魯迅最像的那個作家是卡夫卡，絕對不是部分學者所認定的波特萊爾。是，魯迅和波特萊爾的處境與感受生活的方式的確有許多相似的地方，可他們的氣質相去甚遠。魯迅是什麼人哪？革命者，領袖。他怎麼可能讓自己去做一個浪蕩公子？開什麼玩笑呢。魯迅和卡夫卡像。但魯迅和卡夫卡又很不同，最大的不同就在這裡：卡夫卡在意的是人類性，而魯迅在意的則是民族性。——這裡頭沒有高下之分。面對文學，我們不能玩平面幾何，以為人類性就大於民族性，這是說不通的。請注意，考量一個小說家，要從它的有效性和完成度來考量，不能看命題的大小。因為工業革命和現代主義的興起，也因為懦弱的天性，卡夫卡在意人類性是理所當然的；同樣，因為啟蒙的壓力，更因為性格的彪悍，魯迅非常在意民族性，那也是理所當然的。

說到這裡我們不得不面對一個問題，是一句話。——「愈是民族的就愈是世界的」，這句話的流傳性非常廣泛，因為它是魯迅說的，口吻也非常像，幾乎成了真理了。但是我要說，魯迅從來沒有說過這樣的混帳話，魯迅不可能說這樣的混帳話。在邏輯上，這句話不屬魯迅思想的體系。魯迅是極其看重價值的人，他不可能回避價值問題去說這樣草率的昏話。一九三四年的四月十九號，魯迅給青年木刻家陳煙橋寫過一封信，魯迅鼓勵青年人說：「有地方色彩的，倒容易成為世界的。」這句話是對的，它面對的只是藝術上的一些手段和特色，但是，一點也不涉及民族性的價值。這和籠而統之地說「愈是民族的就愈是世界的」完全不是一碼子事。魯迅不可能回避價值。——三寸金蓮是民族的，能成為世界的？大煙槍是民族的，能成為世界的？

一句話，魯迅所批判的那個「國民性」正是民族的，它能成為世界的？我們在哄自己玩呢，我們在騙自己玩呢。我們不能哄自己，更不能騙自己，這正是魯迅要告訴我們的。

我想說，魯迅所鞭撻的正是民族性裡最為糟糕的那個部分，僅僅從邏輯分析上說，那句話和魯迅的精神也是自相矛盾的。——退一步，即使魯迅說過，我們也要充分考量當時的語境，絕不能拿著雞毛當令箭。糟糕的民族性不要說不是世界的，連民族的都不可以，——魯迅的意義就在這裡。如果我們對民族性沒有一個理性的認識，對民族性不進行價值分析和價值取捨，拿世界性當民族性的擋箭牌，拿世界性當民族性的合法性，先生艱苦卓絕的一生真的算是白忙活了。

二〇一三年，我在北京的一次會議上質疑了「愈是民族的就愈是世界的」，結果，許多不明就裡的年輕人說我侮辱魯迅，在網絡上撲過來就是一頓臭罵。利用今天這個機會，我鄭重地說明一下，年輕人，你們的狙擊步槍實在厲害，可你們瞄錯方向了。質疑「愈是民族的就愈是世界的」，和侮辱魯迅沒有任何關係。我們先把狙擊步槍放下來，拿上魯迅的書，我們都好好讀，魯迅的世界比三點一線要開闊得多，也迷人得多。

三　兩個比喻。圓規

〈故鄉〉的故事極其簡單，「我」回老家搬家，或者說，回老家變賣家產。就這麼一點破事，幾乎就構不成故事。〈故鄉〉這篇小說到底好在哪裡呢？我的回答是，小說的人物寫得好。一個是閏土，一個是楊二嫂。我們先說楊二嫂。

和小說的整體一樣，楊二嫂這個人物其實是由兩個半圓構成的，也就是兩個層面，一半在敘事層面，一半在輔助層面，也就是鉤沉。通過兩個半圓來完成一個短篇，是短篇小說最為常用的一種手法。我相信在座的每個朋友都經常使用。通常說來，雙層面的小說都要比單層面的小說厚實一些，兩個層面之間可以相互照應。

但是，有一點我需要特別地指出來，一般說來，中篇小說和長篇小說都有一件大事情要做，那就是小說人物的性格發育。短篇小說由於篇幅的緣故，它是不允許的。正因為如此，我常常說，短篇小說、中篇小說、長篇小說是三個完全不同的體制，而不是小說的長短問題。說起短篇小說，大家都有一個共識，它不好寫。其實，所謂的「不好寫」恰恰來自小說的人物。一方面，短篇小說需要鮮活的人物性格；另一方面，短篇小說又給不了性格發育的篇幅，這就很矛盾了。我極端的看法是，短篇小說一旦超過了一萬字幾乎就沒法看了，說明我們的能力達不到。第一，我們的眼睛看不到短篇小說「在哪裡」；第二，即使看到了，我們手上的能力沒跟上。短篇小說真真正正的是手上的才華，我們必須要有手。

魯迅厲害。在輔助層面，也就是人物的「前史」，他給了楊二嫂起了一個綽號：「豆腐西施」。在漢語裡頭，「西施」本來是一個非常好的名字，但是，「豆腐西施」，不妙了，味道變得非常糟糕，有了反諷的意味。必須承認，在我們漢語裡頭，「豆腐」從來都不是一個美妙的詞彙，它和「西施」捆在一起，很怪異，很不正經，它附帶著還刻畫了楊二嫂，——楊二嫂在很年輕的時候就「不是他娘的正調」。這為敘事層面打下了一個很好的基礎。好，到了敘事層面，楊二嫂已經是一個五十開外的女人，我們看到的又是什麼呢？是這個小市民的惡俗，是她的刁、蠻、造謠、自私、貪婪，她的貪婪主要體現在算計上。就因為她算計，另一個綽號自然而然地就來了，是一個精準的計算工具：「圓規」。請大家注意一下，「豆腐西施」和「圓規」這兩個綽號不只是有趣，還有它內在的邏輯性，其實是發展的，不要小看了這個發展，它其實替代了短篇小說所欠缺的性格發育。

這個已非常珍貴。這個線性是什麼呢？是魯迅所鞭撻的國民性之一：流氓性。可不要小瞧了這個流氓性，在魯迅那裡，流氓性是一個非常重要的概念。魯迅一生都在批判劣根性，這是他對國民性的一種總結。這個劣根可以分為兩個部分：強的部分和弱的部分。強的部分就是魯迅所憎恨的流氓性，弱的部分則是魯迅所憎恨的奴隸性。最令魯迅痛心的是，這兩個部分不只是體現在兩種不同的人的身上，在更多的時候，它體現在同一個人的身上。這個總結是魯迅思想重要的組成部分，也是魯迅為我們這個民族所做出的偉大的貢獻。

必須歎服魯迅先生的深刻。的確是這樣，流氓性通常伴隨著奴性，奴性通常伴隨著流氓性。

下面我該重點談一談「圓規」這個詞了。「圓規」這個詞屬科學。當民主與科學成為兩面大旗的時候，科學術語出現在五四時期的小說裡頭，這個是不足為怪的。但是，我依然要說，在魯迅把「圓規」這個詞用在了楊二嫂身上的剎那，楊二嫂這個小說人物閃閃發光了。

首先我們來看，——楊二嫂是誰？一個裹腳的女人。裹腳女人與圓規之間是多麼形似，是吧，我們可以去想像。

接下來我們再看，——楊二嫂是誰？是一個工於心計的女流氓，她的特點就是算計，這一來楊二嫂和圓規之間就有了「某種」神似。這就太棒了。

可是，如果我們再看一遍，——楊二嫂到底是誰？她的算計原來不是科學意義上的、對物理世界的「運算」，而是人文意義上的、對他人的「暗算」。這一來，「圓規」這個詞和科學、和文明就完全不沾邊了，成了另一種意義上的愚昧與邪惡。楊二嫂和「圓規」之間哪裡有什麼神似？一點都沒有。這就是反諷的力量。一種強大的爆發力。可以這樣說，「圓規」這個詞就是捆在楊二嫂身上的定時炸彈，讀者一看到它它就會爆。我幾乎可以肯定，當年胡適、趙元任第一次看到「圓規」這兩個字的時候，胡適、趙元任一定會噴出來。他們一定能體會到那種從天而降的幽默，還有那種從天而降的反諷。別忘了，〈故鄉〉寫於一九二一年的一月，小一百年了。那時候，「圓規」可不是現代漢語裡的常用詞，在「之乎者也」的旁邊，它是高大上。就是這麼高大上的一個詞，最終卻落在了那樣的一個女人身上。我的意思是，如果我們能夠用「歷史的眼光」去閱讀經典，我們所獲得的審美樂趣要寬闊得多。

但是，無論如何，我想指出的是，「圓規」畢竟屬當時的高科技詞彙，在整個小說裡頭還是突兀的，它跳脫，它和小說的語言氛圍並不兼容。比較下來，把楊二嫂比喻成「兩根筷子」倒更貼切一些。我來把這一段文字讀給你們聽聽吧——

我吃了一驚，趕忙抬起頭，卻見一個凸顴骨，薄嘴唇，五十歲上下的女人站在我面前，兩手搭在髀間，沒有繫裙，張著兩腳，正像一個畫圖儀器裡細腳伶仃的圓規。

你看看，魯迅先生的小說素養就是這樣好，他的小說能力就是這樣強。在這一段文字裡，作者先寫自己，把自己的動態交代得清清楚楚，這個相當關鍵。這一來，作者的書寫角度就確定了，這就保證了對楊二嫂的描寫就不再是客觀描寫，而成了「我」的主觀感受。換句話說，「圓規」這個詞並不屬楊二嫂，只屬「我」。——你去喊楊二嫂「圓規」，她不會答應你的，她不知道「圓規」是什麼，她不能知道。就是這麼一個角度的轉換，「圓規」，這個不兼容的語詞即刻就兼容了，一點痕跡都沒有。是真的，魯迅和曹雪芹，可以讓我們學習一輩子。

四　分明的叫到

就小說的人物刻畫而言，〈故鄉〉寫閏土和寫楊二嫂的筆法其實是一樣的，也是兩個半圓：一個屬敘事層面，一個屬輔助層面。但是，這裡頭的區別非常大，非常非常大。

寫女流氓楊二嫂，無論在敘事層面還是輔助層面，魯迅是一以貫之的，也就是所謂的魯迅式的「冷眼」。很冷。同樣在輔助層面，魯迅寫閏土卻是抒情的和詩意的。這一點在魯迅的小說裡極其罕見。但是，這一點尤其重要。請原諒我的不禮貌，在這裡我必須要問大家一個問題，——魯迅為什麼那麼不克制？他寫閏土為什麼要那麼抒情？他寫閏土為什麼要那麼詩意？

要回答這個問題，我們就必須回到剛才。在講楊二嫂的時候，我說過一句話，魯迅眼裡的劣根性可以分成兩個部分：強的部分是流氓性，弱的部分則是奴隸性，簡稱奴性。可以這樣說，作為象徵主義小說，在小說的大局方面，魯迅是極為精心的，有他的設計。千萬不要以為魯迅寫小說是隨手的，他的小說寫得好只因為他是一個「天才」，屬「妙手偶得」，不是這樣。在過去的幾十年裡頭，中國文壇有一個不好的東西，一說起作家的「思考」就覺得可笑，這就很悲哀。作家怎麼可以不思考呢？思考是人類最為重要的精神活動之一，是精神上的本能，它的作用不能說比感受力、想像力重要，至少也不在感受力、想像力之下。沒有思考能力，可以慢慢地培養，慢慢地訓練，但是，我們不能主動放棄。作家主動放棄思考能力是危險的，最終，你只能從眾、隨大流、人云亦云，成為一個魯迅所痛恨的、面目可憎的「幫閒」。

回到〈故鄉〉。在〈故鄉〉裡頭，呈現流氓性的當然是圓規；而呈現奴性的呢？自然是閏土。問題來了，寫楊二嫂，魯迅是順著寫的，一切都符合邏輯。寫閏土呢？魯迅卻是反著寫的。我們先來看魯迅是如何反著寫的——

在輔助層面，魯迅著力描繪了一個東西，那就是少年的「我」和少年的「閏土」之間的關係。我把這種關係叫做自然性，人與人的自然性。它太美好了。在這裡，魯迅的筆調是抒情的、詩意的，這些文字就像鐵達尼號，在海洋裡任意馳騁。我必須補充一句，在「我」和「閏土」自然性的關係裡頭，「我」是弱勢的，而「閏土」則要強勢得多，這一點大家千萬不要忽略。

但是，剛剛來到敘事層面，魯迅剛剛完成了對閏土的外貌描寫，戲劇性即刻就出現了，幾乎沒有過渡，魯迅先生寫道：

> 他（閏土）站住了，臉上現出歡喜和淒涼的神情；動著嘴唇，卻沒有作聲。他的態度終於恭敬起來了，分明的叫到：

人與人的自然性戛然而止。一聲「老爺」，是階級性。它就是海洋裡的冰山，它擋在鐵達尼的面前。鐵達尼號，也就是魯迅的抒情與詩意，一頭就衝著冰山撞上去了，什麼都沒能擋住。注意，我剛剛提醒過大家，是弱勢的「我」成了「老爺」，而強勢的「閏土」到底做上了奴才。魯迅在這些細微的地方做得格外好，大作家的大思想都是從細微處體現出來的，而不是相反。

魯迅先生為什麼一反常態，要抒情？要詩意？他的用意一目了然了。在這裡，所有的抒情和所有的詩意都在為小說的內部積蓄能量，在提速，就是為了撞擊「老爺」那座冰山。這個撞擊太悲傷了、太寒冷了，是文明的大災難和大事故。在這裡，我有六點需要補充——

第一，奴性不是天然的，它是奴役的一個結果。從閏土的身上我們可以清晰地看到這一點。但是，我剛才說了，楊二嫂是順著寫的，一切都非常符合邏輯，閏土呢？在他的天然性和奴性之間卻沒有過渡，存在著一個巨大的黑洞。這個黑洞裡全部的內容，就是閏土如何被奴役、被異化的。——魯迅為什麼反而沒有寫?這一點非常值得我們思考?它其實是不需要寫的。為什麼?因為每個人都知道黑洞裡的內容。小說家魯迅的價值並不在於他說出了人人都不知道的東西,而是說出了大家都知道、但誰也不肯說的東西!但是,這句話怎麼說呢?這就是小說的修辭問題了,就存在一個寫法的問題了。在〈故鄉〉裡頭,魯迅選擇的是抒情與詩意。這也是必然的,小說一旦失去了對閏土自然性的描繪,魯迅就無法體現「奴性是奴役的結果」這個基本的思想。

伏爾泰在總結啟蒙運動的時候說過一句極為重要的一句話,什麼是啟蒙?就是「勇敢地使用你的理性」。我說實話,讀大學的時候我其實不懂這句話,使用理性為什麼要「勇敢地」?大學畢業之後,我從魯迅那裡多少知道了一些。我只想說,使用理性從來都不是一件容易的事情。在今天,我想這樣告訴我自己:理性能力強不強其實不重要,重要的是,我有沒有「勇敢地」去使用我的理性。

第二,在閏土叫「我」老爺的過程中,什麼都沒有發生。也就是說,在閏土身上所發生的一切,都是非脅迫性的,它發自閏土的內心。也可以說,是閏土內心的自我需求。在小說的進程裡,這座冰山本來並不存在,但是,剎那間,閏土就把那座冰山從他的內心搬進了現實，閏土的搬運的速度之快甚至是迅雷不及掩耳的，「我」都來不及左轉舵和右轉舵。為什麼？那是閏土的本能，那是一個奴才的本能。

魯迅狠哪，魯迅狠。這個小說家的力量無與倫比。在討論莫泊桑〈項鍊〉的時候，我說過一句話：「我喜歡『心慈手狠』的作家，魯迅就是這樣。」因為嗅覺好，更因為耐力好、韌性足，魯迅追蹤的能力特別強，他會貼著你、盯住你，跑到你跑不動為止。然後，不是用標槍，而是掏出他的「匕首」。——這才是魯迅。老實說，許多人受不了魯迅，乃至痛恨魯迅，不是沒有道理的。從師承上說，魯迅也有他的老師，那就是杜斯妥也夫斯基。他們都有一個特點，都喜歡「拷」。在「拷」的過程中，不給你留有任何餘地。——魯迅到底安排「我母親」出現了。「我母親」告訴閏土，「不要這樣客氣」、「還是照舊」（自然關係），閏土是怎麼做的？閏土在第一時間做了自我檢討。閏土說：「那時是孩子，不懂事。」這才是閏土內心的真實。不能說「閏土們」的內心沒有理性，有的。這個理性就是奴性需求，在這個地方又有兩點很有意思：一、我們來看看奴性需求的表述方式：自我檢討；二、我們來看看自我檢討的內容或者說智慧：「過去不懂事。」現在，我們都看到了，無論魯迅對閏土抱有怎樣的同情，他都不會給閏土留下哪怕一丁點的餘地的。這個作家就是這樣，喜歡揭老底，不管你疼還是不疼。讀者喜不喜歡這樣的風格？這個我不好說，我只能告訴大家，魯迅是把這種小說風格發揮到極端的一個小說家。

接下來的問題是，什麼是「懂事」？答案很清晰，「懂事」就是喊「老爺」，就是選擇做奴才，——做「做穩了」的奴才，或者說，做「做不穩」的奴才。在魯迅的眼裡，奴役的文化最為黑暗的地方就在這裡：它不只是讓你做奴才，而是讓你心甘情願地、自覺地選擇做奴才，就像魯迅描寫閏土的表情時所說的那樣。魯迅是怎麼描寫閏土的表情的？——對，又「歡喜」又「淒涼」。這兩個詞用得太絕了，是兩顆子彈，個個都是十環。可以說是神來之筆。這兩個詞就是奴才的兩隻瞳孔：歡喜，淒涼。

偉大的作家有他的硬性標誌，他的偉大伴隨著讀者的年紀，你在每一個年齡階段都能從他那裡獲得新的發現，魯迅就是這樣的作家。

第三，五四那一代知識分子，或者說作家，有兩個基本的命題：反帝、反封建。這個所有人都知道，也沒有任何疑問。不過我想指出，在大部分作家的眼裡，反帝是第一位的，是政治訴求的出發點，這個也可以理解，民族存亡畢竟是大事。魯迅則稍有區別，他反帝，但反封建才是第一位的。反封建一直是魯迅政治訴求和精神訴求的出發點。為什麼？因為封建制度在「吃人」——它不讓人做人，它逼著人心甘情願地去做奴才。

第四，在變革中國的大潮中，五四一代的知識分子，或者說作家，在階級批判的時候，大家都有一個基本的道德選擇，那就是站到被侮辱與被損害的那一頭，他們在批判「統治者」。這是對的。毫無疑問，魯迅也批判統治階級，但是，有一件事情魯迅一刻也沒有放棄，甚至於做得更多，那就是批判「被統治者」、反思「被侮辱」的與「被損害」的。魯迅的批判極其另類。他的所謂的「國民性」，所針對的主體恰恰是「被統治者」。在現代文學史上，這是魯迅和其他作家區別最大的地方。從這一個意義上說，僅僅把魯迅界定為偉大的「戰士」是極不準確的，在我的眼裡，他首先是一位偉大的啟蒙者。當絕大部分的知識分子、絕大部分作家都在界定「敵人是誰」的時候，魯迅先生十分冷靜地問了一句：「我是誰？」在魯迅看來，「我是誰」的意義遠遠超出了「敵人是誰」。其實，一部《吶喊》，它的潛臺詞就是這樣的一個問題：我是誰？

第五，我不得不說情感。在階級批判和社會批判的過程中，伴隨著道德選擇，無論是知識分子還是作家，尤其是作家，必然伴隨著一個情感傾向和情感選擇的問題。某種程度上說，中國現代文學就是抒情的文學，中國現代文學就是向大眾「示愛的文學」。魯迅愛，但魯迅是唯一一個「不肯示愛」的那個作家。先生是知道的，他不能去示愛。一旦示愛，他將失去他「另類批判」的勇氣與效果。所以，魯迅極為克制，魯迅非常冷。這就是我所理解的「魯迅的克制」與「魯迅的冷」。

第六，接下來的問題必然是價值認同的問題。和知識分子比較起來，在道德選擇和情感選擇的過程中，作家非常容易出現一個誤判——價值與真理都在被壓迫者的那一邊。在這個問題上，魯迅體現出了極大的勇氣。他沒有從眾。他的小說在告訴我們，不是這樣的。價值與真理「不一定」在民眾的那一邊，雖然它同樣「也不一定」在統治者那一邊。魯迅在告訴我們，就一對對抗的階級而言，價值與真理絕不是非此即彼的關係。

我寫小說三十年了，取得了一點微不足道的成就，我想告訴大家的是，魯迅對我最大的幫助就在這些地方，當然，是一點皮毛而已。

我一點也不指望現代文學的專家同意我的看法，更不擔心朋友們的質疑，——我想說，一部中國的現代文學史，其實是由兩個部分組成的：一個部分是魯迅，一個部分是魯迅之外的作家。在我的眼裡，魯迅和他同時代的作家，同質的部分是有的，但是，異質的部分更多。

——我還想說，即使在今天，當然包括我自己，我們的文學在思想上都遠遠沒有抵達魯迅的高度。

五　碗碟。香爐和燭臺

我只能說，魯迅先生太會寫小說了，家都搬了，一家人都上路了，小說其實也就結束了。就在「沒有小說」的地方，魯迅來了一個回頭望月。通過回望，他補強了小說的兩位主人公，也就是「故鄉」的兩類人：強勢的、聰明的、做穩了奴隸的流氓；迂訥的、蠢笨的、沒有做穩奴隸的奴才。

通過「我」母親的追溯，我們知道了，一直惦記著「我」家家當的「圓規」終於幹了兩件事：一、明搶，搶東西；二、告密，告誰的密？告閏土的密。——她在灰堆裡頭發現了一些碗碟，硬說是閏土幹的。那十幾個碗碟究竟是被誰埋起來的？是「圓規」幹的還是閏土幹的？那就不好說了。我只想說，一個短篇，如此圓滿，還能留下這樣一個懸念，實在是回味無窮的。

這一筆還有一個好處，它使人物關係變得更加緊湊，結實了。在〈故鄉〉裡頭，人物關係都是有關聯的，甚至是相對應的，「我」和母親，閏土和母親，少年「我」和少年閏土，成年「我」和成年閏土，母親和楊二嫂，「我」和楊二嫂，再加上一個宏兒和水生。可是，有兩個人物始終沒有照應起來，那就是楊二嫂和閏土。他們的關係是重要的，他們就是人民與人民的關係。很不幸，他們的關係是通過楊二嫂的告密而建立起來的，可見人民與人民並不是當然的朋友。他們的關係要比我們想像得還要複雜、還要深邃。我個人以為，這樣的關係是一個象徵，它象徵著人民與人民在共同利益面前的基本態度。

同樣是一個象徵的還有閏土所索要的器物，那就是香爐和燭臺。香爐和燭臺是一個中介，是偶像與崇拜者之間的中介。它們充分表明了閏土「沒有做穩奴隸」的身分，為了早一點「做穩」，他還要麻木下去，他還要跪拜下去。無論作者因為「聽將令」給我們這些讀者留下了怎樣一個光明的、充滿希望的尾巴，那個漸漸遠離的「故鄉」大抵上只能如此。

謝謝各位的耐心，謝謝各位的寬容，請朋友們批評指正！

二〇一五年十二月九日於魯迅文學院高研班

刀光與劍影之間

——讀海明威的短篇小說〈殺手〉

一九九四年，李敬澤老師第一次讀到了我的小說，在二十一年之後一次的閒聊中，他說，是小說裡的「刀光劍影」引起了他的興趣。是的，我喜歡小說裡的「刀光劍影」，當然，這是一個比喻性的說法。我今天的話題就是小說裡的刀光劍影，不是比喻性的，是真正的刀光劍影。在這樣一個話題下面，談一談海明威的〈殺手〉也許是一個特別正確的選擇。

〈殺手〉很著名。解讀〈殺手〉的文章非常多。我一點也不可能比別人更高明。能不能談得好呢？我也不知道，那就試試吧。為了把這個問題談好，我們先來說一點小說的常識。

一 主語、代詞與冰山

小說是寫人的，這就決定了一件事，——在小說的陳述句裡，陳述句的主語絕大部分都是人物的名字。這個是很好理解的。但是，太多的人名會讓小說的陳述不堪重負，小說也會顯得特別傻。所以呢，代詞出現了，也就是他，她，他們，她們。是代詞讓小說的陳述變得身輕如燕的。

但代詞也有它天然的缺陷，那就是代詞的不確定性。如果人物超過了一個，你在使用的時候又過於隨意，問題來了，那個「他」到底是誰呢？千萬不要小瞧了這個「他」，許多寫小說的其實都不會使用，這裡頭甚至還包括一些「著名」的作家。舉一個例子吧，在一個段落裡頭，作者描寫了兩三個男人，到了下一個段落的第一句話，作者突然冒出一個「他」來，——這對我們讀者來說簡直就是災難，「他」是張三？李四還是王二？這就需要我們慢慢地讀下去，回過頭來再去找。這是一份額外的附帶，同時也是一份沒有任何美學價值的負擔。

代詞就是代詞，它必須有所指代。如果指代不清晰，讀者根本就搞不清你的指代到底是什麼人，小說的人物在讀者的眼裡就會漂移，最終失去了獨立的身分。

為什麼要說這個呢？就因為我們要說海明威了。海明威的小說有一個特點，喜歡對話，這個我們都知道。海明威的小說還有另外的一個特點，簡潔，能省則省。如果把這兩個問題合而為一，我們很快就會發現，在海明威的小說裡頭，對話往往沒有名字，就是對話本身。我想說，這是海明威的伎倆，讀他的短篇小說你是不能一目十行的，他想拖住你。你要是讀得太快，你就搞不清哪句話是哪個人說的了。

對了，海明威還有一個十分重要的理論，也就是我們都知道的「冰山理論」。他說，他的小說像「冰山」，他往往只寫了「八分之一」，其餘的「八分之七」呢，都在「水下」。我想告訴你們的是，海明威是一個愛虛榮的傢伙，海明威也是一個喜歡誇張的傢伙，他在體能和智力上都很自負，他喜歡和讀者較量智力，他是不可能去體諒讀者的，——你要是能讀明白，挺好；你要是讀不明白呢？拉倒。「冰山」嘛，哪能什麼都讓你看得見。他就是喜歡把自己搞得特別地玄乎，這一來他似乎就特別地偉大。不要聽海明威虛誇，一篇小說只寫了「八分之一」，其餘的「八分之七」都在「水下」，這是不可能的。詩歌可能，散文可能，小說則不太可能，小說有它的硬指標、硬任務，這是由小說的性質決定了的。當然，小說所涉及的思想或問題特別地巨大，那是另外的一個話題，這個你們懂的。任何一部好作品都有它的言外之意，都不可能只保留在字面上，從這個意義上說，海明威其實一點也不特殊。

但是，海明威畢竟又是特殊的。不能因為他喜歡誇張我們就不承認他的「冰山理論」。這是兩碼事。海明威的特殊性主要體現在他的刻意上，他就是喜歡把許多內容刻意地摁到「水下」去。在這一點上他做得非常棒。也正是在這一點上，海明威讓自己和別的作家區分開來了。

有一句話我不得不說，海明威所謂的「八分之七」是作家特殊的表述方式，他痴迷的是驚世駭俗，不是數學，更不是統計，我們不能拿著尺子和表格去審計一個作家所說的話。關於小說，許多作家都有驚世駭俗的說法，最極端的例子要數福樓拜，他說，「小說就是通奸」。他當然可以這麼說，但我們做讀者的不能認為我們讀小說就是「捉奸」，那就太齷齪了。

二　其中的一個。第一個

在〈殺手〉前半部分，也就是亨利快餐店裡頭，海明威總共寫了五個人物。都是男人：一、阿爾；二、馬克斯，——這兩個是殺手。三、服務員喬治；四、廚子薩姆，——這兩個是亨利快餐店的工作人員。五、顧客尼克。

我想說，如果這個短篇換一個作家去寫，他會把這五個人物交代得清清楚楚的。這個一點也不難，高中生都可以做到。但是，因為作者是海明威，他放么蛾子了。他不是喜歡寫對話麼？也行，對話不是有主語麼？你總得交代哪句話是哪個人說的吧？海明威卻不這麼幹了。他的對話不要說沒有主語，許多時候連代詞都沒有。海明威也真是省到家了。

我們都有一個共識，讀博爾赫斯的短篇小說有難度，那個難主要體現在敘事的風格上，我們不熟悉他那個調調。一旦熟悉了，其實也不難。其實，別看海明威的語言那麼簡單，他的短篇小說真的不好讀。你要慢，一點一點地捋，只有這樣，你才能知道海明威到底藏著怎樣的深意。的確，在海明威的小說裡，許多東西確實被他放在了「水下」。我的工作就是把「水下」的東西給撈出來，撈出來讓你們看一看。我們就在快餐店的部分先選擇兩個點：

在小說的第一行，兩個殺手走進了亨利快餐店。第二行，服務員喬治問兩個殺手吃什麼。就在第三行，海明威寫道：

「我不知道，」其中的一個說道，「你想吃什麼，阿爾？」

可是，到了第八行，海明威卻是這樣寫的：「我要一份加蘋果醬的烤嫩豬排，還有土豆泥。」第一個人說。問題來了。

你看看，在小說的開始，海明威只交代了一個殺手的名字，是阿爾。另一個人呢？海明威不僅沒交代，反而使用了兩個更加模糊不清的稱謂：一個是「其中的一個」，一個是「第一個人」。從讀者這個角度來說，這是不可思議的。人物的名字還沒有搞清楚呢，又冒出來「其中的一個」和「第一個」了，你海明威想幹什麼呢？稍安毋躁，這裡頭的名堂可多了。

我至少可以和你們談兩點。

第一，如果海明威是一個佚名的作家，需要我對他進行考證，我會得出什麼判斷？我會說，這是一個一八九五年之後才開始寫作的作家。為什麼？就在這短短的幾句話裡，海明威的小說動用了電影的語言，是電影的思維方式。

——兩個殺手進入餐館了，鏡頭是跟著他們的。其中的一個說話了，海明威當然要這樣寫：「其中的一個說。」這就是「客觀視角」。

——然而，進來的不是兩個吃飯的顧客，而是殺手。他們說話的語氣極不正常。唯一的顧客，也就是尼克，即刻感受到了這種異樣。他的注意力頓時集中在了這兩個殺手的身上。在尼克的眼裡，兩個殺手是一前一後進來的；也有這樣的可能，尼克覺得，這兩個人一個是槍手，一個是幫凶，這就需要尼克去判斷了。但是，不管怎麼說，兩個殺手在尼克的眼裡有區別，「其中的一個」是「第一個」。提醒大家一句，「一個」是客觀的，而「第一個」只能是主觀的。這就是「主觀視角」。

第二，關鍵的地方來了：在「其中的一個」變成「第一個」的過程中，鏡頭由「客觀鏡頭」轉換成了「主觀鏡頭」。換成小說的說法，也就是「客觀描寫」變成了「主觀描寫」。

現在的問題是，海明威為什麼要轉換視角？祕密就在於，快餐店的環境突然變了，快餐店的氛圍突然變了，顧客尼克的心理也只能跟著變。海明威在這個地方必須要對尼克的心理有所交代，但是，他所謂的「交代」一個字都沒有，而是交給了稱呼的改變。在這裡，稱呼的轉換產生了一個奇妙的功能，附帶著把尼克內心的變化交代出來了，尼克緊張了，尼克全神貫注了，——這些都在「水下」。我要說的是，海明威描寫人物的心理非常有特點，他很少切入人物的內心，而是描寫人物的外部動態，——由人物的動態出發，讓讀者自己去體會小說人物的心理。

在我們閱讀小說的時候，最需要注意的正是這些地方。這是一個「文學的」讀者該幹的事情。我們必須把「讀小說」和「看故事」嚴格地區分開來。這句話也可以這樣說，小說就是小說，通俗小說就是通俗小說。

現在我們明白了，如果〈殺手〉這個小說不是海明威寫的，它換了一個作者，〈殺手〉的開頭很可能就是這樣的：

——「尼克在快餐店裡剛剛吃完一碗雞蛋炒飯。兩個詭異的男人闖了門進來了。他們一前一後，前面的那個叫馬克斯，後面的那一個則是阿爾。服務員喬治走上來，問他們想吃什麼。馬克斯用他雪亮的目光掃了掃四周，說，不吃，附帶著問了對面的阿爾，說，你呢？阿爾頭都沒抬，他的回答與馬克斯如出一轍：不吃。尼克突然緊張起來，——什麼都不吃，那你們到餐館來幹什麼？來者不善哪。尼克重新把他們倆打量了一遍，他們到底是幹什麼來的呢？第一個進門的那個人會不會是老大？和他一起進來的那個人會不會就是他的馬仔？他們兩個為什麼會到快餐館來？正琢磨著呢，尼克聽到馬克斯說話了，馬克斯也想來一份雞蛋炒飯。」

這樣寫可以不可以？當然是可以的。但問題是，海明威不會這樣寫。這樣寫小說人物的內心沒有陰森感，小說也會失去它的神祕性。關鍵是，這樣寫不硬氣。海明威是個牛氣沖天的男人，他覺得這樣的敘事全是脂肪，圓溜溜的，沒勁。海明威鍾情的是肌肉。肌肉是怎樣的？該凸（描寫）的地方凸出來，該凹（隱藏）的地方就該凹進去。咱們的海老師是個硬漢，他必須是一句頂一萬句的。他就是要「凹」進去，不解釋。這個「不解釋」其實也就是小說裡頭的「不敘事」。他只描寫，不敘事。或者說很少敘事。什麼是海明威？借用一句東北話——

「幹哈呀？聽不懂啊？」

這就是海明威。這裡頭有一個立場的問題，注意，是描寫的立場，不是道德的立場。在〈殺手〉裡，海明威是站在殺人者的角度去描寫的，這是海明威的一個特點，他喜歡站在更強的那一邊。這是由一個作家的性格決定了的，甚至是由一個作家的身體條件決定了的。你讓卡夫卡這樣寫，我估計卡夫卡會暈過去，我們能做的就是幫卡夫卡掐人中。

但小說有意思就有意思在這些地方，每個作家的性格不同，智商不同，感受的方式不同，健康狀況不同，價值取向不同，哪怕描寫的是同一件事，小說的世界也一定是氣象萬千的。

海明威這樣寫的好處在哪裡呢？小說更有力。這個有力從哪裡來的？簡潔，簡潔就是力量。舉一個例子，如果有人要殺你，你問他為什麼要殺？他給你解釋了兩個小時零二十八分鐘，他給你做了一個〈關於謀殺某某某的可行性的工作報告〉，他還有威懾力麼？沒有了。反過來，他只給你兩個字，「閉嘴！」那就嚇人了。如果他連「閉嘴」都不說，只瞪你一眼，那就更嚇人了。

我在小說的課堂上反反覆覆地說到簡潔，這說明了一件事，簡潔重要，簡潔不容易。我想這樣說，簡潔不僅僅是一個語言上問題，它關係到一個作家的心性，一個作家的自信心。囉唆其實都是由膽怯帶來的，他懼怕讀者讀不懂，他要解釋。——判斷一個小說家的能力，是否簡潔是一個最好的入口。

海明威最懂得簡潔的美學效果，他喜歡力量。他喜歡壓迫感，也就是刀光劍影。很磣人。我想說的是，在〈殺手〉裡，這才剛剛開始。更加磣人的還在後頭。

三　送飯。看吃

在小說裡頭，尤其在短篇小說裡頭，「冰山」的確有它的魅力。如果你有足夠的小說閱讀能力，當你自己可以看到「水下」的「八分之七」的時候，你會很愉悅，同時讚歎小說藝術的偉大。

在〈殺手〉裡頭，寫得最好的那個部分在哪裡？我現在就讀給你們聽。提醒大家一下，在小說的開頭，服務員喬治不是上來點單的麼？現在，飯做好了，服務員喬治端著三明治走了出來。

「哪一份是你的？」他（喬治）問阿爾道。

「你記不得了？」

「火腿加雞蛋。」

「真是個機靈鬼。」馬克斯說。他欠身拿過那盤火腿雞蛋三明治。吃飯時，兩個人都戴著手套。喬治在看他們吃飯。

「你在看什麼？」馬克斯看著喬治說。

「沒看什麼。」

「還他媽的沒看什麼。你明明在看我。」

「馬克斯，這小子也許是想開個玩笑。」阿爾說。

喬治笑了起來。

「你不必非笑不可的。」馬克斯對他說，「你完全沒有必要笑，明白嗎？」

「沒關係。」喬治說。

「看來他覺得沒關係，」馬克斯轉向阿爾，「他覺得沒關係。這話說得多好。」

（譯林出版社二〇一二年版，湯偉譯）

這一段寫得實在是好，刀光劍影，電閃雷鳴。每一次拿起海明威的短篇小說集，我都要翻一翻，就為了看這一段。雖然不同版本的翻譯有些差異，但是，絲毫也不影響這一段的精采。這一段好在哪裡？我有三點要說。

第一，氛圍的描寫。

在這一段文字裡頭，海明威的環境描寫太神奇了，這裡頭的刀光劍影足以讓我們魂飛魄散。

但我的問題是，海明威在這裡描寫氛圍了沒有？沒有。一個字都沒有。

其實，海明威寫了，都被我們的海老師放到「水下」去了。

一、生活常識告訴我們，一個做服務員的，他在客人點菜的時候一定會做筆錄。這是餐廳對一個職員的基本要求；

二、即使服務員喬治沒有做筆錄，可是，你們別忘了，現在的客人一共只有兩個，就兩個。兩個客人的飯菜，記憶力再差的人也不會出現任何錯誤。

關於以上兩點，如果我們有過西方生活，對西方的餐廳有一個常識性的了解，那就更好理解了。

現在的問題是，服務員喬治一上來就問了殺手阿爾一個問題，「哪一份是你的？」這至少說明了兩件事：A，喬治沒有做筆錄；B，喬治沒有把握了。他其實是有把握的，只不過，他必須更加謹慎，千萬不要出錯。

這兩件事同時說明了一件事，自從這兩個殺手走進亨利快餐店，和顧客尼克一樣，喬治表面上很鎮定，一直在和兩個殺手周旋，其實，他一直處在緊張之中。A，是緊張導致了他忘記做筆錄了；B，是緊張導致了他不能確定只有兩個客人的點單。所以，他要問。我們都知道，在正常的情況下，服務員根本不需要這麼問，作家更沒有理由這樣寫。從這個意義上說，「哪一份是你的」就是一句廢話。但是，無比簡潔的海明威偏偏就寫了一句廢話。——這個廢話就不再是廢話，反而高級了。這句廢話就是「冰山」，有太多的東西藏在「水下」了。是什麼？是環境，它讓人魂不守舍。

這個地方正是海明威高級的地方，年輕人可以學的也就是這些地方。什麼叫學習寫作？說到底，就是學習閱讀。你讀明白了，你自然就寫出來了。閱讀的能力越強，寫作的能力就越強。所以我說，閱讀是需要才華的，閱讀的才華就是寫作的才華。人家的小說好在哪裡你都看不出來，你自己反而能把小說寫好，這個是說不通的。閱讀為什麼重要？它可以幫助你建立起「好小說」的標準，尤其在你還年輕的時候。從這個意義上說，好作家不是大學教授培養起來的，是由好的中學語文老師培養起來的。我可以武斷地說，每一個好作家的背後最起碼有一個傑出的中學語文老師。好老師可以呈現這種好，好學生可以領悟這種好。

關於環境，或者說氛圍，海明威是不可能說「氣氛恐怖，喬治早就嚇傻」這樣的話的，那是喬治的個人感受，海明威不會那麼寫。我剛才說了，海明威習慣於站在更加強硬的那一方，他不可能去關心喬治的具體感受。那個太婆婆媽媽了。他要保證他的描寫無動於衷，這樣特別酷，很強硬。說海明威是作家裡的第一硬漢，不是說這個作家的肌肉有多發達，也不是說這個作家的拳擊有多厲害，說的就是他小說裡的語風。彪悍。

但是，這樣寫也容易出問題，那就是藏得太深，許多內容容易被讀者滑過去。不過，我剛才也說了，海明威是不關心這個的。他是大爺，你們做讀者的就該「領會精神」去。

第二，身分的確定。

我在講述視角轉換的時候說了的，在顧客尼克的眼裡，馬克斯是「第一個人」，是更加重要的那一個人。但是，出大事了，當喬治端著飯菜過來的時候，他並沒有面向馬克斯，而是問了阿爾。這說明了什麼？這說明在喬治的眼裡，阿爾比馬克斯更重要，其實也就是更可怕。

這裡頭有一個步步緊逼的進程。剛剛進門，殺手馬克斯的舉動就已經給顧客尼克造成很大的壓力了，但是對不起，馬克斯不是最令人害怕的。時間在一分一秒地過去，最關鍵的是，服務員喬治離兩個殺手更近，他必須和兩個殺手周旋。現在，喬治知道了，會咬的狗不叫，更加讓人害怕的那個人並不是馬克斯，而是阿爾。所以，喬治必須更加小心地伺候，他要保證自己不能在阿爾的面前出錯。為什麼？因為阿爾是一個令人窒息的殺手。

「你記不得了？」這是殺手阿爾的反問，也是殺手阿爾的高傲。殺手有殺手的記憶力。他什麼都記得，他不能容忍喬治記不得，——就這麼一點破事你都忘了。所以，他不可能說「我點了火腿雞蛋」，他要反問。這是揶揄的、殺人的、貓捉老鼠的心態。

——如果你們還記得，在小說的開頭，兩個殺手是點了單的。阿爾先點的，他點的是「火腿雞蛋」。馬克斯後點的，他點的是「培根加雞蛋」。現在的問題是，把「火腿雞蛋」拿過去的那個人是誰？不是阿爾，同學們不是阿爾。是馬克斯。——我說出大事了，說的就是這裡。阿爾太可怕了，他穩如磐石，鎮定，冷酷，他在執行任務的過程中不會做錯任何一個細節。出錯的只能是馬克斯。關於這兩個殺手的身分，顧客尼克和服務員喬治分別做出了自己的判斷，它們是相反的。這是小說內部的一個小小的跌宕。

不要被海明威的大肌肉和大鬍子迷惑了，他是個大男人，但是，他可不是一個粗人。海明威細膩得很，非常細膩！不細膩是做不成小說家的。小說家要有大胸懷，但是，小說家的心必須仔細。沒有足夠的細膩，你八輩子也做不成一個好的小說家。這也是由小說的性質決定了的。你別指望你能像張大千一樣，呼啦呼啦的，一個晚上你就可以「潑」出「千山萬水」來，沒有的事！小說不是這樣的東西。

我常說，寫小說的不可能是貴族，小說家是藍領，幹的是體力活、手工活，幹的是耗心費血的活。好作家哪有那麼容易？你要靠百分之九十九的心血才能把你百分之一的才華送到金字塔的塔尖。

回到小說。馬克斯拿錯了。這就是海明威的心理描寫。關於誰的心理描寫？關於殺手的心理描寫——他的注意力根本不在吃上，此時此刻，對他們來說，吃什麼都一樣。想想吧，這對喬治會構成怎樣的心理壓力？

我們回過頭來捋一捋：喬治是不敢出錯，所以不能出錯；阿爾是永遠也不會出錯；馬克斯，作為一個幫凶，因為心思根本就不在吃上，錯不錯根本也就無所謂。如果我們有足夠的想像力，用電影的思維把這個場景想像出來，我們感覺到了吧——

在死一樣的恐怖裡，在死一樣的寂靜裡，表面上，一切都按部就班，井然有序。但是，在內裡，全亂了。只有這樣，才能把恐怖的氛圍渲染到最大，這才能夠形成小說的壓力。在這些地方，小說裡的每一個環節都是彼此呼應的，非常緊湊。我們常說，不會寫小說的人他的作品很「散」，而會寫小說的呢，寫得會格外「緊湊」。海明威在這些地方一點也沒有讓作品「散」掉，彼此都鑲嵌得極為結實。好小說就是這樣的，越往細看，越是魅力無窮。糟糕的小說呢？正好相反，猛一看挺好，可你不能想，一想就散架了。

但這個「緊湊」絕對不是你坐在那裡苦思冥想的結果，不是。它需要一個作家驚人的直覺。直覺是小說家最為重要的才華之一，也是一個作家最為神奇的才華之一。老實說，直覺也許真的就是天生的，它很難培養。但是，如果你有一個良好的閱讀習慣，能夠讀到普通讀者讀不到的東西，你的直覺會得到歷練，慢慢地變得敏銳。其實，每個人都是有直覺的，只不過領域不同罷了。就說運動，我踢足球的直覺就好一些，我踢前鋒，總是能得到球，對方的後衛一不小心就會把球弄到我的腳下來了，有時候，我會有錯覺，就好像球在找我；可是，到了籃球場上，我的直覺就變得相當糟糕，同樣在跑，可我就是跑不到一個有效的位置上去，球就是到不了我的手上。能不能這樣說，我踢足球的直覺好於我打籃球的天賦？你有權利這樣說。但是，只有我自己知道，我踢足球的時間遠遠超過我打籃球的時間，同時我更熱愛足球。這就是祕密。熱愛是一種特別的力比多，它分泌出來的東西就叫直覺。直覺也有撲空的時候，但是，一旦對了，它的精準度遠遠超過邏輯。在許多時刻，直覺和運氣很相像，你會疑惑：他的運氣怎麼就那麼好？其實，這和直覺有關，他知道關鍵的那個點在哪兒，所謂的運氣只是一個表象罷了。這麼說吧，在足球場上，許多人說我運氣好，而到了籃球場上，我只能不停地抱怨自己運氣差。直覺和智商有關，但它不是智商。智商在腦殼的內部；直覺在腦殼的外部。如果你們允許我模仿海明威的說法，我想說，——直覺存在於離後腦勺三厘米之外的那個地方。

莫言說，他寫小說是「不動腦子」的，許多人罵他，這也就罷了，一些批評家也跟著起鬨，我就不知道說什麼才好了。莫言說他「不動腦子」，實在是很自豪的，我幾乎瀏覽過莫言所有的作品，精讀過的少說也有四分之一，他真的有資格說這樣的話。

如果我們是眼力老到的讀者，有良好的直覺，一看到馬克斯拿錯了盤子，我們就知道了，馬克斯，他是一個配角。真正的槍手其實是阿爾。在小說裡頭，人物的身分就是這樣確定的。同樣，就因為這個小小的錯誤，小說風雲突變，到處都是刀光劍影。

第三，進入高潮。

但是，這個拿錯盤子可不是為了確定身分，它更大的作用是給小說的進程注入了能量。在確認了阿爾「第一個人」的身分之前，服務員喬治當然是緊張的，但是，到了兩個殺手吃飯的時候，喬治的精神狀態徹底變了，由緊張轉向了魂飛魄散。小說就此進入了高潮。

這個高潮是由一句話帶來的，「喬治在看他們吃飯」。這句話很普通，是極為家常的一句話，其實這句話一點也不普通、一點也不家常。這句話吊人胃口啊，——你們想想看，一個服務員，他好端端地怎麼可能看客人吃飯？這也太二百五了，任何一個腦子正常的服務員也做不出這樣的事情來。但事實是，喬治在「看」，更接近真相的事實是，喬治楞住了，最接近真相的事實是，喬治犯傻了。

換了你你也會傻在那裡——

一、就在你的眼皮底下，兩個客人把他們的飯吃顛倒了，馬克斯吃的是阿爾的，阿爾吃的是馬克斯的。最要命的是，阿爾明明知道自己吃錯了，但是，他將錯就錯。這個將錯就錯不是錯，他表明了阿爾具有極強的目的性，絕不會節外生枝。這太異態、太詭異了。

二、就在你的眼皮底下，兩個客人吃飯的時候都「戴著手套」，這就更異態、更詭異了。

這就是喬治的現實處境。他只能「看」客人吃飯。

「你在看什麼？」馬克斯看著喬治說。

「沒看什麼。」（喬治說）

「還他媽的沒看什麼，你明明在看我。」（馬克斯說）

請注意，小說到了這裡其實已經是千鈞一髮了，隨時都有失控的可能性。從理論上說，下一句話該輪到喬治了，可是，喬治能說什麼？他什麼都不敢說。我們做讀者的只能焦慮，只能等，等著聽一聽喬治到底說了什麼。但是我們做讀者的根本就不用焦慮，有人掌控著全域，他不會讓事態失控，他是阿爾，真正的「第一個人」。他說話了：

「馬克斯，這小子（喬治）也許是想開個玩笑。」

這句話真真實實地替喬治解了圍。一個已經被逼到死角的人只有一件事可以做，不是說話，是笑。生活常識告訴我們，這種笑叫賠笑，或者說叫傻笑，它和喜悅一點都沾不上邊。我想問問你們，這樣的笑容好看麼？不好看。比屎還難看。海明威說喬治的笑臉難看了麼？沒有。可是，海明威真的說了，他是通過馬克斯的嘴說出來的：

「你（喬治）不必非笑不可的，你完全沒有必要笑，明白嗎？」（馬克斯說）

這句話太棒了。在這個地方我忍不住要說一說翻譯。我說過，海明威的譯本比較多，我讀過許多不同的譯本。比較下來，我個人很偏愛譯林出版社湯偉的譯本。我不懂英語，但是，從漢語這個角度來說，湯偉漢語的語感特別好。湯偉這個翻譯家我不認識，哪一天見到他，我要當面告訴他，我喜歡他的翻譯。在英譯漢這個領域，我很期待他。這一段譯得非常出彩，太緊張了，太鐵血了。是高潮特有的氛圍。馬克斯的這句話話毫無邏輯可言，戲耍，輕蔑，冷酷。最出彩的要數這一句，——「你完全沒有必要笑。」在英語裡頭，這句話是怎樣的我不知道，但是，在漢語裡，這句話很考驗一個翻譯家漢語的「造句」能力。什麼是「必要的」笑？什麼是「不必要的」笑？太無厘頭了，蠻不講理，像飛來的橫禍，毫無出處，它橫空而來。我很讚賞湯偉這樣的筆調。我喜歡這句話還有一個原因，它為我們設置了一座小小的「冰山」，「冰山」的下面藏著喬治狗屎不如的笑臉。對讀者來說，一篇小說就是一篇小說，或者一本書，可是，對作者和翻譯者來說，小說只能是、必須是一個又一個句子。這個句子你不講究，下一個句子你再不講究，下一個句子你還不講究，那麼親愛的，你告訴我，小說又是什麼呢？

這一段很經典。是標準的、短篇小說的筆法。在這裡我需要補充一句，如果是長篇小說，這樣寫並不一定好，甚至可以說，很糟糕。長篇有長篇的大結構，你讓讀者消耗在這些過於細微的地方，那真的不是一個好主意。如果說，《紅樓夢》作為長篇小說有什麼問題，問題就在這裡，它太精微了，它太耗人了。可以這樣說，讀《紅樓夢》如果你只讀過一遍，和沒讀也沒什麼兩樣。

四　兩個殺手，一隻鸚鵡

海明威是一個喜歡描寫對話的作家，說到〈殺手〉裡的對話，我們就不得不說一個海明威對話的一個特徵，那就是重複。如果我們是第一次閱讀〈殺手〉，我們會被對話的重複弄得厭倦。而實際上，〈殺手〉的對話是非常有特色的。

首先我們要面對一個問題，海明威為什麼要重複？重複有可能導致兩種後果，一、囉唆；二、強硬。我們幾乎不用思考，海明威的小說不可能囉唆，他唯一在意的只是小說的強硬。

我們先來看殺手阿爾對服務員喬治的一段對話，也就是吃飯之前點「喝的」。

「有喝的嗎？」阿爾問道。

「銀啤、拜沃、乾薑水。」喬治說。

「我是說你們有喝的嗎？」

對殺手阿爾來說，只有「烈酒」才能算「喝的」，啤酒都不算。但他偏偏不對喬治解釋，這是他霸道的地方，咄咄逼人的地方。發現了吧，阿爾的重複絕不只是囉唆，而是另一種簡潔，是概念的簡潔，能不用新概念就堅決不用。——人家是來殺人的，又不是求職，更不是相親，沒必要把什麼都說明白。說不明白你也要懂。我說的話你怎麼可以不懂？你必須懂。在〈殺手〉裡頭，出現了許多這樣的重複，我想說，這樣的重複我們是可以接受的。它畢竟是塑造殺手這個人物形象所需要的，殺手怎麼可能好好說話。

但是同學們，我為什麼要說「這樣的重複我們是可以接受」呢？想一想，我真正想表達的意思是什麼？

我真正想表達的意思是，〈殺手〉裡頭一共出現了兩個殺手，阿爾和馬克斯。他們都喜歡重複。尤其是，他們兩個還彼此重複。這就很難讓人接受了。〈殺手〉的對話重複得太厲害了。海明威意識不到麼？他為什麼還要這樣？

要解決這個問題，我們必須回到人物的性格。從字面上看，海明威對阿爾和馬克斯的描寫都差不多，個頭、衣著、說話的語氣，包括性格，這兩個是類似的，所用的筆墨差不多也是五五開。

我們先說這樣寫的好處。兩個殺人者，你一句，我一句，他們在不停地重複，他們的話都很重，在他們的重複中，形成了一種無形的追擊效果。一句壓著一句，會讓整個小說的氛圍越來越壓抑。

我們再說這樣寫的壞處。你海明威把兩個殺人犯寫得一模一樣，小說人物的獨特性哪裡去了？要知道，完全雷同的形象和性格，是小說的大忌諱。我的問題是，海明威為什麼就要犯這樣的忌諱？

為了把這個問題說清楚，我們必須再做細緻的分析。我們一個一個地來。我們先來看阿爾這個人物，看看海明威是如何描寫阿爾的。

阿爾老到，鎮定，經驗豐富，目中無人。出於課堂的需要，對不起了，我只能把〈殺手〉做一次肢解，這樣的肢解很不科學，海明威是不可能這樣去構架小說的，沒有一個作家會這樣去構架小說。但是，這樣的肢解有助於我們的理解。——海明威描寫阿爾總共用了七步：

第一步，兩個殺手進門，通過尼克的眼睛，讓我們讀者忽略了阿爾。這是海明威的障眼法。

第二步，通過喬治的提問，讓我們近距離地感受到了阿爾的威懾力。

第三步，服務員喬治過來送飯。既然是送飯，那就涉及兩個空間，一個是餐廳，一個是廚房。喬治在送飯的過程中做了一個小動作，把餐廳和廚房之間的小窗戶給關上了。這個小動作為阿爾的大動作提供了一個前提。

第四步，阿爾走進另一個空間、也就是廚房之後，海明威寫道，阿爾「用一個番茄醬瓶子撐開了那扇往廚房送盤子的小窗戶」。這是一個輔助性的動作，為阿爾的大動作做鋪墊。

第五步，阿爾的大動作。他在廚房裡頭指揮餐廳裡的人物，大聲安排喬治和馬克斯在餐廳裡頭的空間位置。他讓喬治「再往吧臺那邊站一點」，馬克斯呢，「往左邊移一點」。——阿爾在做什麼？在爭取最好的「視野」，也就是射擊的空間。在這裡，海明威用了一個比喻，說阿爾「像一個正在安排集體照的攝影師」。「攝影師」是什麼意思，不用多說了。

第六步，如果說，到目前為止，一切都是我們的猜測。但是，等喬治再一次走進廚房的時候，他親眼看到了「一支鋸短了的獵槍的槍頭就靠在架子上」。小說到了這裡，一切都水落石出。阿爾是槍手，他的形象已徹底確立，他是一個老到的、冷靜的、經驗豐富的殺手。

其實，這一切也可以從餐廳裡的格局得到反證。注意，留在餐廳裡的現在是兩個人：

一個人是喬治，一個是馬克斯。喬治在幹啥？他不停地看牆上的鐘，——他關心的是時間；馬克斯呢，他盯著的是鏡子，其實是大門，在望風，——他關心的是空間。看見了吧，這一切是如此嚴密，刀光劍影哪，太緊張了。

但是，無論是時間還是空間，都是假象，背後的指向是同一個東西，是一個人。誰呢，正要追殺的拳擊手安德烈松。這個緊張的、令人不安的過程是以幫手馬克斯和服務員喬治的對話來完成的。它導致了廚房裡的阿爾的不滿。

第七步，阿爾在廚房裡還幹了一件事：指責馬克斯，教訓馬克斯。這說明了什麼？馬克斯毛糙、幼稚，馬克斯還有許多東西要學。

——我在阿爾這個人物的身上說了這麼多，同學們明白了沒有？

謎底一下子就解開了，一共有兩個謎底：一、海明威根本就沒有描寫兩個性格雷同的殺手，他們的性格區別特別地巨大，一個老到，一個幼稚。二、現在我們終於知道了，海明威所描寫的對話一點也沒有重複，所謂的重複，其實是馬克斯對阿爾的模仿。從衣著，到做派，一直到說話的腔調，馬克斯什麼都在模仿阿爾。他就是阿爾身邊的一隻鸚鵡。一隻望風的鸚鵡。這就是馬克斯的獨特性。這是符合邏輯的，一對出生入死的搭檔，適當的統一性對雙方都好。在這裡，可以這樣說，海明威把馬克斯的性格描寫一古腦兒都放到「水下」去了。——但是，是清晰的。海明威用對話語言的重複營造了壓迫感，同時刻畫了馬克斯附庸者的性格。

五　一個小小的獎品

輕鬆一下，我們現在進入頒獎階段。我給你們預備了一個小小的獎品，現在就發給你們。——是一個問題，一個娛樂性的問題，一個關於身高的、娛樂性的問題。假設，你們就是海明威，〈殺手〉就是你們寫的，那你們會如何去描寫兩個殺手的身高呢？他們是大個子還是小個子？他們是大個子好還是小個子好？你們隨便說，怎麼說都可以。反正這個問題也不重要。

——我們回到正題上來，兩個殺手打算謀殺的那個人是誰？是「重量級拳擊手」安德烈松。既然是重量級拳擊手，他只能是一個壯漢，一個大個子。海明威寫道——

他（安德烈松）曾是一名重量級的拳擊手，床對他來說顯得太小了。他頭下枕著兩個枕頭。他沒朝尼克看。

海明威真是一個簡潔的小說家。要寫一個人的個子大，還有什麼比寫「床小」更好的呢？但是，海明威為什麼不寫「椅子小」、「沙發小」呢？那樣寫不好。為什麼？——對一個拳擊手來說，最糟糕的動作或者說體態是什麼？當然是躺下來了。所以，必須是床，不能是椅子或者沙發。我不能說海明威在這個地方做了嚴格的設計，我只能說，從直覺上說，海明威一定會安排安德烈松躺著的，換了我也只能是這樣寫。好，這個重量級的拳擊手已經躺下了，我所關心的是，在尼克來通風報信的時候，也就是說，在裁判開始「數九」的時候，這個重量級的拳擊手都做了什麼呢？

我們來看海明威對安德烈松的描寫，是三個動態。第一，在尼克進門之後，他沒有看尼克一眼。第二，隨著尼克的敘述，他看著牆，第三，伴隨著尼克進一步的敘述，他乾脆朝牆的那一面轉過身去了。這三個動作都在說明一件事，安德烈松在回避，一次比一次嚴重。無論裁判怎麼數，就算你數到九十九，他也不會站起來了。他徹底崩潰了。

老實說，寫一個人的崩潰有多種多樣的寫法，換了你會怎麼寫？

現在我們來談一談海明威這個人。我們都知道一件事，海明威擅長拳擊。他了解拳擊。現在，一個了解拳擊的作家要寫一個拳擊手了，這個作家對什麼最敏感呢？這就要說到拳擊運動的基本動態了。在比賽的時候，一、拳擊手目光對著目光；二、拳擊手面對面。這是拳擊的基本要求。反過來說，當一個拳擊手開始回避目光，當一個拳擊手開始用他的背部面對這個世界的時候，結論只有一個，他失敗了，他徹底崩潰了。所以，有兩樣東西海明威一定要寫，他是不會落下的：一、安德烈松躲避的目光；二、安德烈松轉過去的胸膛——背脊。這就是作為拳擊手的、海明威的直覺，也就是作為小說家的、海明威的直覺。在這個地方，海明威幾乎就不用動腦子，一定會直奔「目光」和「背脊」而去，不會錯的，他用不著去描寫安德烈松的表情和心理，或者別的什麼東西。

如果你一定要在這個地方描寫表情和心理，當然可以了，但是，作者一定不是海明威。就〈殺手〉這麼一個短篇小說而言，如果作者是佚名的，有關部門請我來做一個鑒定，我會這樣告訴大家，作者是海明威。海明威要是膽敢當著我的面說「〈殺手〉不是我寫的」，我會給他兩大嘴巴。你給我閉嘴。

請注意，海明威在這裡不只是描寫，還有一個東西被他藏在了「水下」，那就是對安德烈松的羞辱。作為一個重量級的拳擊手，你的眼睛都不敢看人了，只給世界一個背，還有什麼比這個更恥辱的麼？這裡的海明威極其傲慢、極其強勢。他是高高在上的。這是一個男人對另一個男人的羞辱，這是一條硬漢對一個軟蛋的羞辱。我們必須要看到這一點，我們必須充分考慮到一個重量級拳擊手曾經的傲慢與尊嚴。

不要忘記我說過的一句話：海明威的立場會選擇更強的那一方。

同樣不要忘記我說過的一句話：海明威的心理刻畫很有特點，他不太切入人物的內心，他更在意描繪外部的動態。

海明威的小說的確太硬氣了，充滿了男性的魅力。

但是，常識告訴我們，一個重量級的拳擊手不可能是軟蛋，他不會太脆弱，他不會輕易就崩潰。他如果崩潰了，一定是被外部更加強硬的東西擊垮了。擊垮他的是誰？還能是誰？當然是阿爾，還有馬克斯。

我們完全可以這樣想像，小說〈殺手〉真的只寫了「八分之一」，前面一定還有許多次的追殺，都被安德烈松僥倖逃脫了。然而，那個「八分之七」海明威統統都沒有寫。這太恐怖了，太刀光劍影了，——不要說一般的人，就連重量級的拳擊手都扛不住了，那還是算了吧，不逃了，逃不動了，早死早安生。

回到身高的問題上來。其實，小說人物的身高根本就不是問題，但是，為了凸顯〈殺手〉的恐怖氛圍，海明威特地選擇了兩個小個子。這不是偶然的。這也不是一個娛樂性的小獎品，它關係到小說內部的基本秩序。阿爾和馬克斯不可能是魁梧的大個子，大個子在這個地方很無趣知道嗎。他們就是兩隻劇毒的、沒完沒了的黃蜂，他們就是兩隻劇毒的、沒完沒了的蠍子，上天入地啊，防不勝防啊。幸運的是，同學們，我現在就告訴你們一個好消息，是一個內部的祕密，——你們都不是安德烈松，祝賀你們！吃飯去吧。

二〇一六年五月十三日於南京大學

反哺

——虛構人物對小說作者的逆向創造

二〇〇一年，也就是十四年前，拙作〈玉秀〉在《鍾山》的第六期刊發了。對《鍾山》雜誌社而言，這是再簡單不過的一件小事，刊物編發了一部小說，如斯而已。但是，對我來說，寫〈玉秀〉這件事波折了。寫〈玉秀〉有故事。玉秀給了我很多的幫助。〈玉秀〉是我寫作道路上深刻而又清晰的一個腳印。

我要感謝批評家，他們認為我有宏闊的理想，夢想著擁有自己的「文學地理」，這才有了「王家莊」系列。我要老老實實地說，事情不是這樣。寫〈玉米〉的時候我的心思非常簡單，就是寫一個中篇。但是，意外發生了，〈玉米〉只到一半，那個叫玉秀的姑娘老是站在一棵樹的後面，在盯著我，目光很不本分。非常抱歉，我這樣說有些輕佻了，不像一個作家該說的話。可我必須說出當時的實情：我正和玉米單獨相處呢，一抬頭，我就看見玉秀了。慢慢地，我和玉秀之間有了可怕的默契，只要一抬頭，我總是能夠看見她。這個可怕的默契讓我也不那麼本分了，我的腦海裡有了蠢蠢欲動的念頭。四十多天之後，〈玉米〉竣工了，我沒有調整，沒有休息，就在第二天的上午，我在電腦上打出了一行字，是初號的隸體字——玉秀。一個人在這樣的時刻總是有無限的精力，一點也不覺得累，唯一擔心的就是耽擱了。

沒頭沒腦的，我甚至還想起了老托爾斯泰，年輕的老托爾斯泰迎娶新娘去了，娶回來的卻是新娘的妹妹。

為了把事情說清楚，我有必要交代一下〈玉秀〉的故事梗概：年輕的玉秀在王家莊被人強暴了，她一個人來到了鎮上，也就是大姊玉米的家裡。在玉米家，玉秀遇上了大姊夫郭家興的兒子、年輕的工農兵大學生郭左。日復一日，郭左和玉秀相愛了。但是，玉秀到底是郭左的「姨媽」，在懷有身孕的玉米眼裡，這場再正常不過的愛情成了標準的「不倫之戀」。為了阻止「兒子」郭左愛上自己的妹妹，玉米以不經意的方式把玉秀被輪奸的事情告訴了郭左，絕望之中的郭左強奸了玉秀。玉秀也懷孕了。未婚先孕的玉秀在小鎮上成了千夫所指的爛貨。玉秀一爛到底，哪個女人得罪了自己，她就勾引哪個女人的丈夫。最終，玉秀把一個男人帶上了糧庫裡的菜籽堆，就在他們站在菜籽堆上苟且的時候，兩個人的身體陷進了菜籽，玉秀和那個男人一起失蹤了。一年之後，人們在清理糧庫的時候，糧庫的工作人員從菜籽堆的地面上發現了一塊大疙瘩，一敲，是兩具白色的骷髏。

寫這樣的故事是折磨人的，尤其是寫玉秀的死。〈玉秀〉寫了大約三個月，也就是九十來天。完稿之後我如釋重負。我在第一時間就把〈玉秀〉交給了《鍾山》的賈夢瑋。到了這個時候，我的確有了一個比較大的計畫，我決定寫一個三部曲，再寫一部〈玉秧〉。從理論上說，寫完了〈玉秀〉，我應當接著就寫〈玉秧〉才對，可是，我停下來了。我沒法開始，我沒有辦法去接近玉秧。玉秀的模樣它揮之不去。在我的寫作生涯裡頭，最艱難、最虐心的一段日子就這樣開始了。——玉秀赤裸的身體正沿著菜籽往下陷，越陷越深，直至沒頂，最後是她的十隻指頭。這個該死的畫面在我的腦海裡不停地回放，一遍又一遍，沒完沒了。玉秀在下陷的時候恐懼麼？我在〈玉秀〉裡頭刻意回避了這個部分，我沒有勇氣面對它，恐懼的是我。這恐懼與日俱增。我甚至不敢深呼吸，我的身邊全是菜籽。無論是鼻孔還是口腔，只要我做深呼吸，無窮無盡的菜籽就會衝進我的體內。我想把玉秀從我的腦海裡趕出去，但是，所有的努力都無濟於事。我非常清晰地知道，玉秀在菜籽堆裡，她還活著，赤身裸體的。她身體的內部還有一個孩子。這個透明的、不停地蠕動的胎兒讓我寢食難安。我想自負一點說，我的心臟足夠有力，即便如此，我也覺得自己就快承受不了了。

寫小說是我非常熱愛的一件工作。它適合我。我喜歡虛構。作為一個行為能力不足的人，我喜歡虛擬的世界。我喜歡「在那裡」面對現實、面對歷史。道理很簡單，我只是「坐在那裡」就把所有想做的事情給辦妥當了。「想像」是零成本的，不費體力，它幾乎偷懶。虛構給我帶來了不一樣的滿足。我對我的工作有自豪感。

但是，玉秀死了。不幸的是，在我的想像裡，她依然活著，在掙扎。她的眼睛、耳朵、鼻腔、口腔裡塞滿了菜籽。是誰讓她死的？作為一個小說家，我可以心平氣和地告訴每一個讀者，是那個時代，是小說內部的邏輯。但是，只有我自己知道，殺死玉秀的其實是我。我用想像，用語言，一個字一個字地，把玉秀送上了菜籽堆，並讓她滑落了下去。

在寫〈玉秀〉之前，我在寫作的過程中面對過無數的死亡，但是，二〇〇一年，我第一次知道作家是可以殺人的；二〇〇一年，我第一次知道作家這個職業遠不如我「已知」的那樣乾淨。「作家是人類靈魂的工程師」，也許是對的。但是，玉秀赤裸的、光潔的、懷有身孕的身體在我的想像裡掙扎，還有她身體內部的孩子。我突然意識到寫作很可能是一個髒活，很可能。這個突如其來的念頭嚇了我一大跳。必須承認，我沒有精神上的準備。它傷害了我的自我認知，它傷害了我的自豪感。

小說家最基本的職業特徵是什麼？不是書寫，不是想像，不是虛構。是病態地、一廂情願地相信虛構。他相信虛構的真實性；他相信虛構的現實度；他相信虛構的存在感；哪怕虛構是非物質的、非三維的。虛構世界裡的人物不是別的，就是人，是人本身。的確，哪怕僅僅從技術層面上說，小說的本質也是人本的。

如果有人問我，這個世界上最獨特的人際是什麼？我會毫不猶豫地說，是小說家與他所描繪的人物。一個在明處，一個在暗處。一個是物質的，一個是非物質的。他們處在同一個時空裡，他們又沒有處在同一個時空裡。這是一種非常獨特、非常微妙、近乎詭異的人際。這種複雜性和詭異性依然和人的情感有關。它牽扯到無緣無故的愛，它牽扯到無緣無故的恨。如果說，在現實生活裡，人類的愛和恨還有那麼一些「現實依據」的話，我要說，虛擬世界裡的愛恨情仇要複雜得多、鬼魅得多。一個並不可愛的人，寫著寫著，你愛了；一個你非常愛的人，寫著寫著，你不愛了。這有什麼道理可講麼？最極端的例子大概要算曹雪芹和林黛玉了。曹雪芹幾乎從來沒把林黛玉「往好處寫」，從頭到尾，我們所看到的都是黛玉的「不是」，一個標準的、有心理暗疾和行為缺陷的問題少女。但要命的是，曹雪芹越寫越愛她；讀者越讀越愛她，一邊愛一邊數落她的不是，——你就不能改改麼？你要是改了，你又何至於這樣呢？我敢打賭，曹雪芹的「一把辛酸淚」，有相當一部分是因為林黛玉。黛玉太教人傷心了。

在如此複雜、如此鬼魅的愛恨情仇裡頭，小說家和小說人物之間的關係太像愛情了。——你深愛並沉醉的，往往是戀人的毛病，那些喑啞的、古怪的毛病。當然，是毛病，遠遠不是邪惡。塞萬提斯所愛的，是堂吉訶德的一根筋和莽撞；莎士比亞所愛的，是哈姆雷特的優柔和猶豫；哈代所愛的，則是黛絲的單純，骨子裡其實是愚蠢。黛絲與德伯維爾，王熙鳳與賈瑞，同樣是面對男人的勾引，黛絲如果有王熙鳳千分之一的世故、千分之一的自我保護能力，黛絲又何至於殺人？同樣是把男人殺了，鳳姐所用的是「追風無影刀」，保全的是她的名節；黛絲卻選擇了愚蠢，直接把自己送上了不歸路。

我的問題是，小說家如此偏愛虛構人物身上的毛病，是不是小說家陰暗、變態？不是。相反，是小說家熱愛生活、渴望光明。在我看來，這裡頭牽扯到一個比文學還要重要的大問題：——人究竟是什麼？——什麼是人的本來面目。在這個巨大的命題面前，文學顯示了它的大自由和大寬容，它「包容」了「我們的原罪」，而不是強迫我們「清洗」「我們的原罪」。是的，文學更「懂」人，更「憐惜」人，文學還知道「尊重」人。文學有它的信條，不完美的人才更加美好。說到底，宗教只是一把斧頭，它所做的事情格外地簡單，把生命之樹上的枝枝葉葉都砍了，只留下一根通天的、筆直的、光禿禿的樹幹。如斯，宗教的要義其實可以歸納為一個字：「戒」。三戒、五戒，七戒，十戒。中世紀沒有文學，嚴格地說，中世紀的文學之樹不再搖曳、不再蕩漾、不再呼風喚雨、不再濤聲依舊、不再啾啾鳴唱，原因就在這裡。宗教是虛擬，文學也是虛擬，但人類在文學的面前要比在宗教的面前寬鬆得多、自在得多、放肆得多、幸福得多。這就是為什麼早在上帝誕生之前文學就誕生了，而上帝死了，文學依然活著。這是一個足以感動中國、感動世界、感動人類、感動歷史並感動未來的基本事實。

當今的中國有一個流行的說法，中國文學之所以不如人意，中國的社會現狀之所以不如人意，是因為中國缺少宗教。這個說法由來已久了，近幾年更是得到了廣泛的點讚。這個說法愚昧至極。它有害。有「毛病」的人如何才能規避邪惡？靠宗教、靠「疑似宗教」所帶來的「理性崇拜」是極其危險的。常識是，我們所需要的不是宗教精神，是法的精神。我們所需要的是「對法的尊重與敬畏」，而不是「對神的盲信與恐懼」。是宗教就必然伴隨盲信，是盲信就必然帶來崇拜，是崇拜就必然帶來恐懼。但我們永遠也不該忘記，我們有「免於恐懼的自由」。「對法的尊重與敬畏」可以強化我們的人性，「對神的盲目與恐懼」只能為我們提供無法無天和深不可測的奴性，最終，我們失去的必將是「免於恐懼」的自由。

我想說，在我並不開闊的人生裡，如何與我的小說人物相處，耗費了我太多的心思。有些人我很愛，有些人我不那麼愛。我不止一次在公開的場合承認，在我所有的小說人物當中，最愛的那個人是玉秀。玉秀當然是不完美的，她的身上有致命的缺陷，輕浮，虛榮。但是，請允許我為她辯護，她是無害的。她沒有傷害過任何人，她只是不想讓別人去傷害她。我更想說，一個人僅僅因為她輕浮、虛榮她就鐵定了不能幸福，那麼，當事人是無罪的，有罪的一定是生活。是明媚的陽光造就了我們地上的陰影，而不是月黑風高與大雪連天。

在我的小說裡，死亡還少嗎？死去的人還少嗎？可是，玉秀死了，我怎麼就那麼不能釋懷的呢？我把〈玉秀〉的初稿看了又看，從小說內部的邏輯上說，我敢說，沒有問題，至少沒有大問題，也就是沒有所謂的「硬傷」。可是，我為什麼就不能接受玉秀的死呢？是什麼力量讓我寢食難安的呢？

魯迅先生說過一句話，所謂的悲劇，就是「把有價值的東西撕碎給人看。」這句話很著名，很鐵血。我沒有魯迅先生那樣的思想高度，可我也不會輕易反對魯迅先生說過的話。然而，從具體的寫作感受上說，我和魯迅的看法又稍有偏差。在我的悲劇書寫裡，最讓我感到痛心的並不是「把有價值的東西撕碎給人看」，而是「把我所愛東西撕碎給人看」。「有價值」和「所愛」，它們是等值的麼？不能這麼說。「有價值」很可能是你的

「所愛」；但「有價值」未必就一定是你的「所愛」。我不想就「有價值」和「所愛」發表什麼長篇大論，作為作者，我只想排列一個次序，——小說家首先面對的其實是他的「所愛」，然後才是「價值」。說到底，小說家不是機器，不是人工智能，他無法規避他的情感。

問題是，小說家的情感本身是「有價值」的還是沒「有價值」的呢？老實說，我不知道。這句話還可以再追問一下，——當一個小說家的基本情感和那個「價值」不能吻合的時候，小說家該怎麼辦？我真的不知道。我能夠知道的只有一點，二〇〇一年，玉秀死了。在死亡面前，我覺得我這個作家出了問題，我對我的職業產生了恐懼性的懷疑：寫小說是不是太髒了？

賈夢瑋不知道我的心境。就在那一天，快下班了，他晃晃悠悠的，來到《雨花》編輯部了，說「搞點酒啊？」我於是去他在《鍾山》的辦公室，他拿出一瓶威士忌，說「〈玉秀〉看完了」。他看完了，那就「搞點酒」吧。對了，有一點需要說明一下，那時候他的單身宿舍就安置在編輯部的一間小廂房裡，他的宿舍裡頭有酒。

我和賈夢瑋的關係是有點特殊的，我們經常聊聊小說。熟悉我的朋友都知道，我有一好，喜歡聊小說，一旦聊起小說來，我就是一話癆。一旦有人願意，我就盯著誰。我特別喜歡和李敬澤聊，這個許多人都知道，一位批評家告訴我，你和李老師的聊天都成為「美談」了，是「文壇佳話」呢。可是，有點遺憾，我和夢瑋老弟的聊天很不「佳話」。多年之後，我聽到了這樣一個可歌可泣並洞若觀火的說法，說，「兩個人經常關在辦公室裡，一聊就是一個下午」。好吧。這句話很好。從語言修辭學的分類上來說，這個例句類屬「單位」修辭。「單位」修辭有一個基本功能，最大限度地保證語言的嚴密性和客觀性。那句話是客觀的，很正確。

就著威士忌，我們的話題扯到〈玉秀〉上來了。附帶著我要說一句，我在《鍾山》上刊發過很多作品，多到可以出一本很像樣的小說集了。一九九八年之後，我所有作品的責任編輯都是賈夢瑋。在我的記憶裡，每一次我把小說稿交到賈責編的手上，賈責編都會呈現出他雄偉的責任心，他一定會給我召開一個作品研討會。沒有一次例外。——主辦方當然是《鍾山》編輯部，出席會議的代表是兩個人：責編賈夢瑋，作者畢飛宇。會議是奢侈的，有威士忌。我要說，賈責編天生就該是一個文學編輯，他對自己的刊物有榮譽感。重要的是，眼光獨到，毒，總是能夠在你的小說裡頭找到不能滿意的蛛絲馬跡。這樣的特徵落實到具體的小說文本上來，那就是苛刻。

我對自己其實已經很苛刻了，但是，賈夢瑋對我更苛刻。在這一點上賈夢瑋和業已離開《鍾山》的范小天老哥特別地像。在我二十多歲的時候，范小天一直對我說不，我告訴他，「這個作品很好的」，他還是說不。我用了好幾年的時間他才接受了我的作品。我永遠感謝他。范小天離開《鍾山》了，賈夢瑋來了。可我的處境絲毫也沒有得到改善。即使是去年，二〇一四年，我已是一個年過半百、「德高望重」的「老」作家了，拙作〈虛擬〉也是改了又改之後才刊發的。賈責編對我說得最多的一句話是這樣的，「我容易嗎我」。今天，我要把這句話原封不動地送給賈責編：遇上你這樣的責編，我容易嗎我。

我很想在此討論一件事，那就是寫作的自信。在許多人的眼裡，我是一個無比自信、無比自負的傢伙。事實上完全不是這樣。準確地說，每一次寫作的開始階段，我的確是自信的，那樣的自信甚至能產生美妙的錯覺，覺得自己是愚公，可以移山。但是很不幸，每當小說快要結束的時候——尤其是中篇和長篇——我的自信就會蕩然無存。所謂喪失自信，其實就是喪失判斷。我不自信自然有不自信的理由，——在許多時候，寫作真的會產生柏拉圖所描述的那個「迷狂」，這樣的「迷狂」會帶來生理上的快感，生理上的快感勢必會帶來異乎尋常的自我評判，像酒後。然而，麻煩就在這裡，酒會醒，好狀態卻不容易醒。一個月之後，甚至，一年之後，你好不容易醒來了，你突然發現了，判斷了，你在「迷狂」之中摟住的並不是黃金，是一堆屎。從任何一個角度來說，擁抱一堆屎都不是一件令人愉快的事情。你很難微笑著輕吻懷抱裡的怪物。

事情就是這樣的，和屎擁抱多了，你的自信會動搖。可我依然要說，喪失自信也不是大事，你可以選擇傾聽，你可以選擇虛心，你甚至還可以選擇謙卑。我可以請教別人的。

雖然在喝酒，可我最關心的事情其實是這個：賈責編，你告訴我，這樣寫玉秀你能不能接受？

賈責編說，從一個編輯的角度說，〈玉秀〉肯定是好的，但是，作為一個讀者，這樣的玉秀我不能接受，太殘酷了。

賈責編的話讓我很不舒服，我清楚地記得，我很不舒服。可以假定，如果賈夢瑋告訴我，〈玉秀〉很好，我想我立即就會得到一個藉口，然後，想方設法去忘掉玉秀，安安靜靜地去寫〈玉秧〉。但是，某種意義上說，賈夢瑋的話又讓我有一種說不出的開心，我看到了解脫，是解脫的希望。這同樣是一個藉口。我想說，一個人在失去自信的時候往往就是這樣，他需要一種外部的力量，——他願意相信的力量，——他可以憑藉的藉口。我一直說，在生活裡，有一種最為神奇的東西，它就是藉口。

我告訴夢瑋，〈玉秀〉你先放下，我要再想想。

但是，讓玉秀活下去，這個談何容易。在一部小說的內部，有它完整的運行系統，沒有一個部分是真正獨立的。寫過小說的人一定會同意這樣一種說法，修改小說的結尾，有時候會修改到小說的開頭。回家之後我打開了我的電腦，我找到玉秀發現自己懷孕的那個部分，然後，拉黑，一直拉到小說的結尾。我幾乎沒有猶豫，一點鼠標，刪了。我知道的，在這些地方我必須鐵石心腸。不能猶豫。一旦猶豫，我就徹底失去了勇氣。刪了，沒了，找不到了，心裡頭反而踏實。

〈玉秀〉這個小說真的很有意思。在我寫到不到兩萬字的時候，我四歲的兒子趁我離機，悄悄走進了我的書房。他喜歡玩電腦，尤其喜歡鍵盤和鼠標。他的小手劈里啪啦就是一頓敲打。在我再一次回到書房之後，〈玉秀〉神祕地消失了，一個字都沒有了。我要承認，我在電腦上是一個白痴，但是，因為恐慌，更因為強烈的求生欲望，我犯了一個低級的錯誤，拿起鼠標，到處找。就在當天晚上，我把江蘇作協的電腦專家張榮彩請到了家裡，渴望能夠看到奇蹟。奇蹟沒有發生。張榮彩十分遺憾地告訴我，如果我不亂動，他也許能幫我找到，但是現在，不可能了。我還是心存僥倖。夜裡頭，夢瑋幫我找來了一位「天才」。忙活到半夜，「天才」說：「實在對不起。」在他說「對不起」的時候，我一點也不想誇張，我的腦袋上冒出了青煙，差一點就暈厥了。多年之後，我在網絡上看到了一句搖滾般的唱詞：我暈，我暈，我暈、暈、暈。直到今天，一看到這句話我還會想起我的〈玉秀〉。我望著無辜的兒子，一點一點地控制住我自己，一點一點地安慰我自己，——你行的，你需要的只是安靜下來。真正的奇蹟還是出現了。依靠〈玉米〉所延續下來的那種敘事語氣，一點一點的，我居然又撈回來了。因為有了這樣的經歷，我練就了一項小小的本領，無論處境多麼不堪，只要我想寫，我都可以讓自己靜下心來。

〈玉秀〉的前半部分我其實寫了兩遍，在此，我必須向我的朋友們道歉。那些日子我不夠體面，到處哭訴，就差眼淚和鼻涕了。現在，我必須面對〈玉秀〉後半部分的第二次書寫了。當然，不一樣。這一次沒有記憶可以依傍，我能做的事情只是「重寫」。我要說，我的重寫表現出了一個小說家應有的驕傲，我很淡定。我有淡定的理由，玉秀沒死，她還活著。無論她未來的人生怎樣艱難，我們一起來面對。玉秀不再窒息了，她身體內部的孩子不再窒息了，我也不再窒息了。從窒息當中返回自由的呼吸足以保證一個人的淡定。玉秀是這樣告訴我的，天無絕人之路；我則對玉秀說，天無絕小說之路。

時光從來都不能倒流。我所見過的時光倒流只有一次，那在電影《大話西遊之月光寶盒》上。這部天才的、流光溢彩的無厘頭讓我震顫。我想說的是，任何人都不具備超現實的力量，我更不具備，但是，沒有電光火石，僅僅依靠「活下去」的願望，時光真的倒流了。在我的寫作生涯裡，這是虛構所授予我的最高獎勵。我沒有獲獎感言，只有心平氣和。

四個月過去了，最終，我把遍體鱗傷但依然活著的玉秀帶到了賈夢瑋的面前。這不只是一部作品的完成，我願意把它看作自己的成長。我說「成長」可不是一句空話，它有非常具體的內容。——作為一個小說家，我對想像力有了一些修正性的認識。

毫無疑問，想像力是最神奇的孩子，他白衣勝雪，光芒四射，萬千寵愛在一身。我愛他。但是，即便如此，我依然要說，你不能為所欲為。在任何時候，為所欲為都意味著邪惡。哪怕你正在做一件最為正確的事情，你也不能侵犯一個普通人——比如說，我——最基本的、最日常的情感。你不該無視我的感受，無論我多麼愛你。你沒有資格讓我臣服。如果你太過分、太驕橫，那麼孩子，你坐下來，我想我們該談一談了。我想和你談一談權力，——你究竟擁有多大的權力？你的權力該不該受到制衡？

其實，問題的核心在於，小說家究竟該擁有多大的權力？作家在他所虛構的人物面前可以不可以為所欲為？嚴格地說，這不是我「思考」得來的問題，不涉及「形而上」。向我提出這個問題的是一位年輕的鄉村姑娘，她美麗、輕浮、虛榮。她叫玉秀。她是第一個向我提出質疑的虛構人物。是她，讓我真正面對了人類的基本情感。同樣是她，讓我真正面對了人類架構性的基本常識。可以說，我塑造了玉秀，玉秀也再造了我。

如果你一定要說，〈玉秀〉的第一稿比〈玉秀〉的第二稿更有力、更銳利、更傳奇，我會這樣告訴你，那又怎麼樣？我是一個驕傲的男人，〈玉秀〉之後我一直保持著小說家的職業自豪，這就比什麼都重要。

二〇一五年三月十一日二稿於南京龍江

傾「廟」之戀

——讀汪曾祺的〈受戒〉

又是一百二十周年校慶，又是博士生會和研究生會的「登攀節」，浙江大學真是喜氣洋洋，到處都洋溢著活力。祝賀你們！客套話就不多說了，咱們直接開講。我今天給大家講的是汪曾祺的〈受戒〉。

〈受戒〉很著名，是汪曾祺先生標誌性的作品，簡單，明瞭，平白如話，十分的好讀。小說寫的是什麼呢？自由戀愛。一個情竇初開的少女愛上了一個情竇初開的小夥子。就這麼一點破事，一個具備了小學學歷的讀者都可以讀明白。可我要提醒大家一下，千萬不要小瞧了「平白如話」這四個字，這要看這個「平白如話」是誰寫的。在汪曾祺這裡，「平白如話」通常是一個假象，他的作品有時候反而不好讀，尤其不好講，——作者並沒有刻意藏著、掖著，一切都是一覽無餘的，但是，它有特殊的味道。在我看來，在我們的古代文學史上就有一個很難講的詞人，那就是倒楣的皇上，南唐李後主李煜。「春花秋月何時了，往事知多少？」「問君能有幾多愁，恰似一江春水向東流。」都是大白話。老實說，作為一個教師，一看到這樣的詞句我就難受，撞牆的心都有。為什麼？這樣的詞句「人人心中有」。既然「人人心中有」，你做教師的還有什麼可說的呢？此時此刻，如果哪一位浙大的學生盯著我問：畢老師，「一江春水向東流」到底是什麼意思？這就能把我逼瘋。如果有一天，《錢江晚報》上說畢老師在浙江大學瘋了，你們要替我解釋一下：畢老師不是因為錢包被偷了發瘋的，他是沒有能力講授〈受戒〉，一急，頭髮全豎了起來。

一　篇章與結構

〈受戒〉是一個戀愛的故事。明海和小英子，他們相愛了。有趣的事情卻來了，這個有趣首先是小說的結構。讓我們來數一數吧，〈受戒〉總共只有十五頁，分三個部分。它的結構極其簡單，可以說眉清目秀。每一個部分的開頭都是獨立的一行，像眉毛：

第一個部分，「明海出家已經四年了」，順著「出家」，作者描寫了神職人員的廟宇生活，篇幅是十五分之七，小一半。

第二個部分，「明子老往小英子家裡跑」。沿著「英子家」的這個方向，作者給我們描繪了農業文明裡的鄉村風俗，篇幅是十五分之六，差不多也是小一半。

第三個部分，「小英子把明海接上船」，「上船」了，愛情也就開始了，情竇初開的少男少女在水面上私訂了終身，篇幅卻只有十五分之二。這樣的結構比例非常有趣。我敢說，換一個作者，選擇這樣的比例關係不一定敢，這樣的結構是畸形的，很特殊。

就篇章的結構比例來說，最畸形的那個作家可不是汪曾祺，而是周作人。關於周作人，我最為歎服的就是他的篇章。從結構上說，周作人的許多作品在主體的部分都是「跑題」的，他的文章時常跑偏了。眼見得就要文不對題了，都要坍塌了，他在結尾的部分來了小小的一翹，又拉了回來。這不是靜態平衡，是一種動態的平衡，很驚險，真是風流倜儻。魯迅的結構穩如磐石，紋絲不動。可周作人呢？卻是搖曳的、多姿的，像風中的蘆葦。魯迅是戰士，周作人是文人。汪曾祺也不是戰士，汪曾祺也是個文人。這一點非常重要。不了解這一點，我們就無法了解汪曾祺在八〇年代初期為什麼能夠風靡文壇。

在新時期文學的起始階段，中國的作家其實是由兩類人構成的，第一，革命者，這裡頭自然也包括被革命所拋棄的革命者；第二，紅色接班人。從文化上來說，經歷過五四、救亡、「反右」和「文革」的洗禮，有一種人在中國的大地上基本上已經被清洗了，那就是文人。就在這樣的大語境底下，一九八〇年，汪曾祺在《北京文學》的第十期上發表了〈受戒〉，所有的讀者都嚇了一大跳——小說哪有這麼寫的？什麼東西嚇了讀者一大跳？是汪曾祺身上的包漿，汪氏語言所特有的包漿。這個包漿就是士大夫氣，就是文人氣。它悠遠，淡定，優雅，曖昧。那是時光的積澱，這太迷人了。汪曾祺是活化石，一九八〇年他還在寫，他保住了香火——就這一條，汪先生就了不起。是汪曾祺連接了中國的五四文化與新時期文學，他是新時期文學收藏裡珍稀的「老貨」。請注意，這個「老貨」沒有半點不敬。可以說，有沒有汪曾祺，中國新時期文學這個展館將是不一樣的，汪曾祺帶來了完整性。你可以不喜歡他，你可以不讀他，可他的史學價值誰也不能抹殺。我說了，汪曾祺是文人，深得中國文化的精髓。這樣的文人和嚴格意義上的知識分子是有區別的，他講究的是腔調和趣味，而不是彼岸、革命與真理。他有他蘆葦一樣的多姿性和風流態。所以，我們看不到他的壯懷激烈、大義凜然，也看不到他「批判的武器」與「武器的批判」。他平和、沖淡、日常，在美學的趣味上，這是有傳承的，也就是中國美學裡頭極為重要的一個標準，那就是「雅」。什麼是「雅」？「雅」就是「正」。它不偏執，它不玩狂飆突進。「正」必須處在力學上的平衡點上，剛剛好。不偏不倚、不左不右、不前不後、不上不下、不冷不熱、不深不淺。「雅」其實就是中庸。「中庸」是哲學的說法，也可以說是意識形態的說法，「雅」則是「中庸」這個意識形態在美學上的具體體現。

二　四個和尚，四件事

我們先來看小說的第一部分。小說是這樣開頭的：「明海出家已經四年了。」「出家」是個關鍵詞，「出家」的意思我們都懂，就是做和尚去。這句話清清楚楚地告訴我們，接下來汪曾祺要向我們描繪廟宇裡的生活了。關於小說的開頭，格雷安・葛林（Henry Graham Green）說過一句話：「對小說家來說，如何開頭常常比如何結尾更難把握。」為什麼難把握？這裡頭就涉及小說閱讀的預期問題。廟宇會給我們帶來怎樣的閱讀預期？煙霧繚繞，神祕，莊嚴，肅穆。這是必須的，這一點我們從小說的題目也可以體會得到，〈受戒〉嘛，它一定是神祕的、莊嚴的、肅穆的。與此相配套的當然是小說的語言，你的小說語言必須要向神祕、莊嚴與肅穆靠攏。你的語言不能趿拉著拖鞋，得莊重。

可是，汪曾祺並沒有莊重，他反過來了，他戲謔。關於做和尚，我們來看看汪曾祺是怎麼說的：

就像有的地方出劁豬的，有的地方出織席子的，有的地方出箍桶的，有的地方出彈棉花的，有的地方出畫匠，有的地方出婊子，他（明海）的家鄉出和尚。

大家笑得很開心。你們為什麼要笑？——你們不一定知道你們為什麼會笑。在「和尚」這個詞出現之前，汪曾祺一口氣羅列了六種職業，其實有點囉唆。但是，這個囉唆是必須的。這個囉唆一下子就把「和尚」的神聖給消解了。這裡的「和尚」突然和宗教無關了，和信仰無關了，它就是俗世的營生，乾脆就是一門手藝。我們回過頭來，再來看一看這六種職業吧：劁豬、織席子、箍桶、彈棉花、畫匠、婊子。——這個次序是隨意的還是精心安排的？我們不是汪曾祺，我們不知道。但是，如果〈受戒〉是我寫的，我一定和汪曾祺一樣，把「婊子」這個行當放在最後。為什麼？因為「婊子」後面緊跟著的就出現了「和尚」。婊子是性工作者，大部分人不怎麼待見，這個詞是可以用來罵人的；而和尚呢，他的性是被禁止的，他被人敬仰。汪曾祺偏偏把這兩個職業攪和在一起，這兩個詞的內部頓時就形成了一種巨大的價值落差——正是這個巨大的價值落差讓你們笑出聲來的。這就是語言的效果。什麼都沒動，僅僅是語詞的次序，味道就不同了。語言的微妙就微妙在這些地方。如果是「和尚」的前面出現的是「畫匠」或「箍桶匠」，意思是一樣的，但你們不一定能笑得出來。

許多人都說汪曾祺幽默，當然是的。但是，我個人以為，「幽默」這個詞放在汪曾祺的身上不是很精確，他只是「會心」，他也能讓讀者「會心」，那是體量很小的一種幽默，強度也不大。我個人以為會心比幽默更高級，幽默有時候是很歹毒的，它十分地辛辣，一棍子能夯斷你的骨頭；「會心」卻不是這樣，會心沒有惡意，它屬溫補，味甘，恬淡，沒有絞盡腦汁的刻意。不經意的幽默它更會心。有時候，你刻意去幽默，最終的結果往往是「幽默未遂」，「幽而不默」的結果很可怕，比油腔滑調還要壞，會讓你顯得很做作。附帶提醒大家一下，要小心幽默。如果你是一個幽默的人，你自然可以盡情地揮灑你的智慧，就像莫言那樣。如果你不是，你最好不要隨便追求它。

幽默是公主，娶回來固然不易，過日子尤為艱難，你養不活她的。

現在我們就來看一看，汪曾祺在描繪廟宇內部的時候是如何會心、如何戲謔的。依照汪曾祺的交代，菩提庵裡一共有六個人。除了小說主人公明海，那就是五個。關於這五個人，我們一個一個看過去：

一、老前輩叫普照，一個枯井無波的老和尚。汪曾祺是怎麼介紹他的呢？汪曾祺一本正經地告訴讀者：「他是吃齋的，過年時除外。」說一個資深的和尚是「吃齋的」，過年的時候還要除外，你說，這樣的正經是多麼會心。我們不一定會噴出來，但是，心裡頭一定會喜悅，——這和尚當的，哪有這麼當和尚的。

二、再來看仁山，也就是明海的舅舅。為了描寫這個人物，汪曾祺刻意描寫了他的住處。注意，這是一個方丈的住處。「方丈」是什麼意思？一丈見長，一丈見寬，是很小的地方，也就是領導的住處。汪曾祺是這樣描寫這個簡樸的小地方的：「桌子上擺的是帳簿和算盤。」這句話逗人了，好端端的一個方丈被汪曾祺寫成了CEO，最起碼也是財務經理，他時刻關注的是他的GDP。沒完，在這裡汪曾祺還反問了一句：「——要不，當和尚做什麼？」這句話太好了，好就好在理不直而氣壯。小說家往往喜歡兩件事：一、理直而氣不壯；二、理不直而氣壯。這裡頭都是命運。

三、仁海就更了不得了，第一句話就能嚇死人，「他是有老婆的」。

四、接下來自然是仁海的老婆。關於這個「老婆」，就一句話，「白天，悶在屋裡不出來。」這句話寫得絕。都說小說家要曉通人情世故，汪曾祺就曉通。這個仁海的老婆情商高啊，她知道一件大事，那就是顧及和尚丈夫的公眾形象。怎麼才能顧及？大白天的不出家門。她要是隨便出門，有人一拍照，一發微信，她丈夫立馬就要上頭條。在這些地方我們都要去體會。——中國的古典美學裡很講究「妙」，汪曾祺就懂得這個「妙」。這些語言漂亮得不得了，很家常，卻不能嚼，你越嚼它就越香，能饞死你。我們讀經典小說就是要往這些地方讀，它會讓你很舒服。老實說，這樣的語言年輕人是寫不出來的，你必須熬到那個歲數才行。到了那個年紀你才能笑看雲淡風輕，關鍵是，你才肯原諒。只有原諒了生活、原諒了人性的作家才能寫出這樣會心的語言。汪曾祺的小說人人可讀，卻真的不是人人都可以讀的。這樣的語言和圍棋很像，黑白分明的，都擺放在棋盤上，可是，你的能力沒達到，你不一定能看出內在的奧妙。仁海的老婆「悶在屋裡不出來」，這裡頭就有人情，就有世故。她雖然不出門，汪曾祺就用了一句話就完成了她的形象塑造，我們能夠看見她鬼頭鬼腦的樣子。善良，愚蠢，顧家，掩耳盜鈴。如果作者和讀者都不懂得原諒，老實說，這個地方會變得齷齪。相反，如果你通了，這些地方就很有喜感。

五、在我看來，寫得最好的要數三師父仁渡，仁渡哪裡是一個和尚？因為年輕、帥氣、嗓子好，人家是小鮮肉，人家是搖滾樂隊裡的主唱，人家還是一個泡妞的高手。汪曾祺交代了，「他有相好的，而且還不止一個」。如果仁渡生活在今天，他一定會來杭州來參加浙江衛視的《中國好聲音》，汪峰老師一定會用他好聽的低音說：「仁渡同學，我是第一個為你轉身的。我從你的嗓子裡聽到了宗教。搖滾的精神就是宗教的精神。我有信心把你培養成中國最好的和尚歌手。」現在我們來做做加減法，廟裡頭總共有六個人，除了明海，剩下五個。再除了仁海的老婆，其實就是四個和尚。老和尚普照又不參加集體活動，這一來就只剩下三個。三是一個很麻煩的數字，用打麻將的說法，那就是三缺一。三缺一怎麼辦？還能怎麼辦，往別人的身上寫唄。別人是誰？汪曾祺寫道：「一個收鴨毛的，一個打兔子兼偷雞的。」你看看，來人不光能打兔子，也會偷雞，他可是一個複合型的人才。關於這個偷雞的，大家千萬不要誤解，以為他是小說裡的邊角料，可有可無。不是這樣，這個人非常重要。我先把他放在這裡，以後還要說到他。

好，汪曾祺為我們提供了四個和尚。現在我要請大家回答問題了，——這四個和尚都幹了些什麼呢？大家想一想。

不說不知道，一說嚇一跳。他們的所作所為可以概括為四個字：吃！喝！嫖！賭！很嚇人的。

可是，這一切顯然沒有嚇住汪曾祺，在介紹了兩個牌友之後，汪曾祺還輕描淡寫地給這些人做了一個總結，說這些人都是「正經人」。汪曾祺為什麼要強調他們都是「正經人」？

剛才我說了，〈受戒〉這篇小說是一九八〇年寫的。這是特殊的，這也是重要的。一九八〇年之前，或者說一九七七年之前，中國是什麼樣的中國？是一個階級敵對的中國，是一個你死我活的中國。「誰是我們的朋友，誰是我們的敵人」，這個問題是汪曾祺必須面對的一個首要問題，——這是中國的問題，當然也是中國當代文學的問題，更是中國作家必須面對的問題。

汪曾祺面對了這個問題，他回答了這個問題：他的眼裡卻沒有階級和階級鬥爭，沒有好人和壞人，沒有敵人和朋友。汪曾祺的眼裡只有人，只有人的日常生活。由斯，汪曾祺向我們提供了他的立場，那就是基本的人道主義立場。請注意，汪曾祺的小說裡有各式各樣的小人物，有他們人性的弱點，有他們灰暗的人生，但是，即使他們不是好人，他們也絕對不是壞人。我不知道汪曾祺有沒有受到雨果的影響，但是，在這個問題上汪曾祺和雨果很像，他們的眼裡都沒有所謂的「壞人」，哪怕他們有毛病，甚至有罪惡，他們也是可以寬恕的。如果有人要問我，汪曾祺到底是什麼樣的一個作家，我的回答是，汪曾祺是一個人道主義作家，即使他的肩膀上未必有人道主義的大旗。

回到廟宇。如果我們仔細地回味一下，我們會大吃一驚，——汪曾祺是按照世俗生活的世俗精神來描寫廟宇的。他所描繪的廟宇生活是假的，他所描寫的僧侶也是假的，他並沒有涉及宗教和宗教的精神。那些和尚都是日常生活裡的人，都是民間社會裡的普通人，都是這些普通人的吃、喝、拉、撒。在汪曾祺看來，一個人該怎麼生活就該怎麼生活，即使在廟宇裡頭也是這樣。所以，在汪曾祺描繪吃喝嫖賭的時候，我們一定要留意汪曾祺的寫作立場，他是站在「生活的立場」上寫作的，而不是「宗教的立場」。這才是關鍵。他是不批判的，他是不譴責的，他更不是憎恨的。他中立。他沒有道德優勢，他更沒有真理在握。因為小說人物身分的獨特性，汪曾祺只是帶上了些許的戲謔。既然你們的身分特殊，那就調侃你們一下，連諷刺都說不上。

把宗教生活還原給了「日常」與「生計」，這是汪先生對中國文學的一個貢獻。要知道，那是在一九八〇年。在一九八〇年就能有這樣的看法與態度，那是很了不起的。從這個意義上說，汪曾祺也是反對「偽崇高」的，在這一點上，後來的王朔和汪曾祺似乎很像，其實又不像。汪曾祺否認的是彼岸，卻堅定不移地堅守了此岸。他是熱愛此岸的，他對現世有無限的熱忱。王朔呢？他是把彼岸和此岸一古腦兒給端了。汪曾祺說那些人是「正經人」，是戲謔，也是原諒，也是認同，否則就是諷刺與挖苦了。在汪曾祺的眼裡，他們真的就是「正經人」，是有毛病的正經人。——這就是汪曾祺的文學態度，也是他的人生哲學，他不把任何人看作「敵人」。

從寫作的角度來說，接下來的問題也許更加重要，在描寫廟宇生活的時候，汪曾祺為什麼要如此戲謔？

我們要反過來看這個問題，如果汪曾祺並不戲謔，而是像第二部分和第三部分那樣，選擇正常的、抒情的、唯美的敘事語言，在他描繪四個和尚吃喝嫖賭的時候，我們做讀者的會有怎樣的感受？

我們會感受到廟宇生活的不堪，甚至是髒。那顯然不是汪曾祺想要的。是戲謔消解了這種不堪，是戲謔消解了這種髒。戲謔表面上是語言的風格，骨子裡是價值觀：我不同意你，但是，我允許你的存在，我不會把你打倒在地，再踏上一隻腳。這就是汪曾祺。還有一點，如果汪曾祺用抒情、唯美的語言去描繪和尚的吃喝嫖賭，〈受戒〉也許會出現這樣的局面，它變得誨淫誨盜。這個是不可以的。我再說一遍，對小說家來說，語言風格不僅僅是語言的問題，它暗含著價值觀，嚴重一點說，也許還有立場。

說到這裡大家很快就能意識到了，〈受戒〉這篇小說雖然很短，它的語言風格卻存在著戲謔與唯美這兩種風格。相對於一篇小說來說，這可是一個巨大的忌諱。——汪曾祺自己意識到這個問題了麼？我不確定。但是有一點我是可以肯定的，從調性上來說，〈受戒〉的語言風格又是統一的。在哪裡統一的？在語言的樂感與節奏上。必須承認，汪曾祺的語感和語言的把控能力實在是太出色了。

為了證明我所說的話，你們回去之後可以做一個語言實驗，把〈受戒〉拿出來，大聲地朗誦。只要你朗誦出來了，你自己就可以感受得到那種內在的韻律，瀟灑，沖淡，飄逸，自由，微微地有那麼一絲驕傲。這一點在任何時候都是統一的。汪曾祺並不傲慢，在骨子裡卻是驕傲的。我附帶告訴大家一個小祕密——有些作家的作品是可以朗讀的，有些作家的作品卻不能。能朗讀的作家在語言的天分上往往更勝一籌。他們都有自己特有的腔調，隔了三丈都能聞到。李敬澤老師反反覆覆地說，好作家一定要有自己的腔調。汪曾祺的腔調就是業已滅絕的文人氣，就是業已滅絕的士大夫氣，這種氣息在當今的中國極為稀有。補充一句，汪曾祺的腔調你們年輕人千萬不能學，你學不來。我說過一句話，汪曾祺是用來愛的，不是用來學的，道理就在這裡。

現在我們來做一個假設，假如〈受戒〉這個作品由魯迅來寫，結果將會怎樣？這個假設會很有趣，請大家想一想——

面對宗教的黑暗、宗教對人性的壓迫、宗教對日常生活的碾壓，魯迅一定是抗爭的、激烈的、批判的、金剛怒目的。魯迅也會幽默，但魯迅的幽默也許是毀滅性的，有時候會讓你無處躲藏。用魯迅自己的說法，就是「撕」，「撕碎」的撕。汪曾祺不會「撕」。汪曾祺不批判。汪曾祺沒那個興趣，汪曾祺沒那個能量，更為要緊的是，汪曾祺也沒有那樣的理性強度。這是由汪曾祺的個性氣質決定了的。汪曾祺是一個可愛的作家，一個了不起的作家，卻不是一個偉大的作家。我這樣說絲毫也不影響汪曾祺的價值。我們熱愛魯迅，需要魯迅，我們也需要汪曾祺。我說過，汪曾祺是文人，不是知識分子。這是汪曾祺的特徵，也是汪曾祺的局限。這樣說是不是對汪曾祺不公平？是不是強詞奪理了？一點也不。偉大的作家必須有偉大作家的自我擔當，這是偉大作家的硬性標誌。文學是自由的，開放的，但是，相對於偉大的作家來說，文學未必自由。這個不自由不是來自於外在的威逼與脅迫，而是來自於偉大作家的自覺，來自他們偉大的情懷和偉大的心靈。但是，能不能說汪曾祺是一個沒有思想的作家？也不能這樣說。

這就要談到張愛玲了。張愛玲有一個著名的小說，〈傾城之戀〉，大家都熟悉。〈傾城之戀〉當然是一個愛情故事，但是，它有它的世界觀，具體地說，它有它的歷史觀。——無論風雲怎樣變幻，人類的日常它堅不可摧，哪怕砲火連天，吃總要吃，睡總要睡，愛總會愛，孩子也還是要生。城可傾，愛不可傾，這就是張愛玲的孤島哲學和孤島史觀，這是一種偷生的哲學，汪曾祺的身上多多少少也有這種哲學。——衰敗的大時代、精緻的小人物。說到這裡大家也許明白了，〈受戒〉和〈傾城之戀〉骨子裡很像，幾乎可以說是姊妹篇。我們可以把〈受戒〉看作〈傾城之戀〉的鄉村版，文學一點說，我們也可以把〈受戒〉看作〈傾城之戀〉投放在鄉村河水裡的倒影，水光瀲灩。

所以說，作家的才華極其重要。才華不是思想，但是，才華可以幫助作家逼近思想。

這正是藝術和藝術家的力量，文學是人類精神不可或缺的一個維度。

三　世俗與仙氣

在小說的第二部分，汪曾祺是這樣「起承轉合」的：明子老是往小英子家裡跑。

你看，汪曾祺真的是一個不玩噱頭的作家，不來玄的，就往明白裡寫。這是好的文風，是作家自信的一種標誌。從明海「往小英子家跑」開始，汪曾祺的筆端離開了廟宇，來到了真正的世俗場景。但是，對汪曾祺來說，這個世俗場景卻是特定的，也就是我們常說的那個「風俗畫」。

汪曾祺的「風俗畫」給他帶來了盛譽，他寫得確實好，有滋有味，我們必須向汪先生致敬。但是，我們也必須看到，所謂的「汪味」，說到底就是詩意。這個詩意也是特定的，也就是中國古典詩歌所特有的意境。如果我們對中國的詩歌史比較了解的話，我們立即就可以看出來了，汪曾祺的背後站立著一個人，那個人就是陶淵明。假如我們願意，還可以把話題拉得再遠一點，汪曾祺的背後其實還有人，那就是老莊，他受老莊的影響的確是很深的。

陶淵明是著名的逃逸大師。這裡有他的哲學，——你讓茅臺酒和大糞交手，一交手茅臺酒也就成了大糞，這個我不和你玩。陶淵明有陶淵明的烏托邦，〈歸田園居〉、〈庚戌歲九月中於西田獲早稻〉、〈桃花源詩并記〉，這些都是他的烏托邦。

〈受戒〉的第二章到底寫了什麼？是小英子的一家的世俗生活。它不是烏托邦。它是「小國寡民」，是所謂的「淨土」。中國是一個人口大國，人口的大國在美學的趣味上反而嚮往「小國寡民」，這一點非常有意思。

〈受戒〉的故事背景汪曾祺沒有交代，但是，我可以負責任地說，汪曾祺所描繪的其實是一個亂世。我怎麼知道的？在〈受戒〉的一開頭汪曾祺自己就交代了，明海家的那一帶有一個風俗，但凡有弟兄四個的家庭老四都要去做和尚。為什麼？老四養不活。就這麼一個細節，我說〈受戒〉的大背景是一個亂世就站得住腳。然而，汪曾祺不是魯迅，不是杜斯妥也夫斯基，對「亂世」這個大背景偏偏沒興趣，他對亂世的政治、民生、經濟、教育、醫療、軍事統統沒興趣。作為一個文人，他感興趣的是亂世之中「小國寡民」的精緻人生：安逸，富足，祥和，美好。可以說，在任何時候，「美」和「詩意」一直是汪曾祺的一個興奮點。他在意的是亂世之中的「天上人間」。

我給大家來解開〈受戒〉的美學之謎吧：當汪曾祺描寫「釋」，也就是佛家弟子的時候，他是往下拉的，他是按照世俗來寫的，七葷八素；可是，當汪曾祺果真去描繪世俗生活的時候，他又往上提了，他讓世俗生活充滿了仙氣，飄飄欲仙的，他的精神與趣味在「道」。

李澤厚說中國人的精神是儒、道、釋互補的，這個判斷很有道理。汪曾祺也是這樣。汪曾祺也入世，但是，情況並不妙，兩頭不討好，他只能匆匆忙忙地出世。照理說，一九八〇年的中國是多麼複雜，又是左，又是右，又是堅持，又是改革，還要開放，對不起了，汪曾祺統統沒興趣。在一九八〇年，汪曾祺的寫作其實是很邊緣的，他的創作既不屬反思文學也不屬改革文學。還是讓我們回到一九八〇年吧，汪曾祺所寫的究竟是什麼？「解放前」。可是，誰也沒有想到，他的「解放前」大紅大紫起來了。〈受戒〉真的把讀者嚇了一大跳。

——〈受戒〉為什麼會把別人嚇一跳？誰能告訴我？

聽好了，〈受戒〉所描寫的可是「解放前」。「解放前」的中國鄉村那麼富足、那麼美好，「解放前」的中國農民那麼幸福、那麼安康，一句話，「解放前」如詩如畫，大夥兒如痴如醉，——哪一個中國作家敢這麼寫？你腦子壞了。你發癔症。

汪曾祺的寫作從來都是非政治的，他是人性的、文化的、詩意的。

所以，汪曾祺寫〈受戒〉，「一九八〇年」既是一個寫作日期，也是一個寫作前提。我常說，作家在什麼時候生是重要的，作家在什麼時候死也重要。汪曾祺如果沒有熬到改革開放，沒有熬到新時期，他要是在一九七六年之前就死了，汪曾祺的價值起碼要打九折，他遠遠沒這麼貴重。道理很簡單，在一九八〇年，能寫出〈受戒〉這種作品的中國作家沒幾個。我們傳統文化的底子薄，寫不出來的。

現在，我們又要回到小說的結構了。這一次我所說的不是情節結構，而是人物的結構，也就是小說人物的出場問題。也許你們要說了，這又有什麼可說的？我是作家，筆在我的手上，我想讓小說人物什麼時候出場他就什麼時候出場。哪能這樣呢，那樣的作家不成土匪了，——「你給我出來！」小說的人物就出來了。不能那樣。小說裡的人物都是有文學尊嚴的，你做作家的必須把人家給請出來。如果你是一個不好的作家，小說人物會聽你的；可是，如果你是一個好作家，小說人物在什麼時候出場，這就要商量。

好，在第二章裡頭，汪曾祺給我們描繪了一個世外桃源，人物關係也極為簡單。除了小英子、小英子的爸爸、媽媽、姊姊這四個人以外，汪曾祺著力描寫的那個人物是誰？反而是廟裡的人物，是十七歲的明子，那個即將受戒的小沙彌。這是很有意思的。小沙彌是怎麼出來的呢？是小英子的姊姊需要畫圖樣，這一來，小沙彌就被請出來了，他離開了廟宇，來到了世俗生活。

再回到第一章，也就是廟裡頭。從理論上說，既然寫的是廟裡頭，應該都是寫和尚才是，但是，汪曾祺還寫了別人。誰？小英子。這是必須的，小英子在小說的第一章裡必須出現，否則，小說都進行了一半了，女主人公都還沒有出現，那是太醜陋了，就像電影都看了一半，我們還沒有看到女一號一樣。

但問題是，第一章寫的是廟宇，如何才能把小英子給「請」出來呢？這才是「寫」小說的關鍵。——讓小英子來燒香？然後，讓小英子和小沙彌眉來眼去的？可不可以？當然可以。但是，那是多麼猥瑣。汪曾祺他怎麼可能猥瑣呢。

我們來看看汪曾祺是怎麼做的。——我記得我在前面留下了一個問題，關於那個偷雞的「正經人」，那個複合型人才。汪曾祺在這個人物的身上總共就用了一兩句話，但是，這個人物重要極了。

第一，汪曾祺寫了三個可以自由行動的和尚。他們要打麻將，三缺一，結果呢，「打兔子兼偷雞」的這個人物出場了。

第二，因為偷雞，這個連姓名都沒有的「正經人」就必須有一個偷雞的工具，銅蜻蜓。關於銅蜻蜓，小說裡有交代，我就不說了。明子很年輕，他對這個偷雞的工具產生了好奇，這是當然的。他想試試，可到哪裡試呢？廟裡頭不行啊，只能到廟外去。這一來就到了小英子的家門口了。

第三，我們的女一號，小英子，她同樣年輕，她對銅蜻蜓同樣好奇，這一來她就在小說的第一部分出現了。多麼自然，一點痕跡都沒有。在這裡，銅蜻蜓哪裡還是作案工具？銅蜻蜓就是青梅，銅蜻蜓就是竹馬。生機盎然，洋溢著玩性，小英子她不出場都不行。可以這樣說，如果小英子在小說的第一部分出不了場，這個小說就沒法看了，汪曾祺也就不是汪曾祺了。

你們說，銅蜻蜓的主人，那個偷雞的複合型人才，他對小說的結構是多麼重要。他簡直就是小說內部的一個樞紐。

聽我這麼一解釋，大家也許會說，天哪，小說家太辛苦了，太苦思冥想了。就為了小英子的出場，汪曾祺就要想那麼多。不是這樣的。你們千萬不要去可憐汪曾祺，他不會想這麼多的。我只是出於講座的需要，是在事後分析給你們聽的。好小說要經得起分析，但作家在寫作的時候是不會這樣分析的。在寫作的時候，小說家主要靠直覺。他的直覺會讓他自然而然地那樣寫，回過頭去一分析，我們會發現作家的直覺原來是如此精確。我一直強調，多次強調，直覺是小說家最為神奇的才華，直覺也是小說家最為重要的才華。在作家所有必備的素質當中，唯一不能靠後天培養也許就是直覺。直覺沒有邏輯過程，沒有推理的過程，它直接就抵達了結果，所以它才叫直覺。所以，寫小說沒有大家想像得那麼辛苦。在寫作的過程中，思考極為重要，但思考往往不能帶來快樂，是不斷湧現的直覺給作家帶來了欣喜，有時候，會欣喜若狂。這是寫作最為迷人的地方。老實說，我個人之所以如此熱愛寫作，很大的原因就是為了體驗直覺。它簡直就是一種生理上的快感。雖然我是一個作家，但是，我真的沒有能力把直覺所帶來的快感告訴大家。這麼說吧，直覺很像生理上的GPS，它總能幫助你在陌生的地方找到最為合適的道路。但是，GPS是沒法確定目標的，決定目標的是作家的價值觀，也就是思想，而敏銳的、幽靈般的直覺可以輔助我們抵達。

第一章描寫和尚，把小英子安排進來；第二章描寫世俗生活了，再把小和尚安排進來。這樣的鑲嵌就是〈受戒〉的結構。一目了然。老實說，如果沒有閱讀的直覺，這個一目了然還真的不一定就一目了然。

所以說，結構永遠是具體的，它離不開具體的作品。學習小說的結構一定要結合具體的作品，讀多了，寫多了，你就會結構了。你一不讀，二不寫，你讓畢老師給你講「小說結構的技法」，那個是沒有的，我也不會講。我自己寫小說的時候也是這樣，一個作品一個結構。作品就是人，每個人都有自己的體型，看上去都差不多，可是，你要到醫生那裡，醫生就會告訴你，每個人的體型都不一樣，每個人的耳朵都不一樣。

好，到了第二章，小沙彌明子出現在世俗生活裡頭了，他學雷鋒來了，做好事，給小英子家做義務勞動來了。明子就是在學雷鋒、做好事的過程中愛上了小英子的。——這裡頭有沒有講究？

也有講究。寫明海在廟裡頭萌發春心可以不可以？當然可以。——小英子來進香，明子愛上她了，一點問題也沒有。但是，汪曾祺不會那麼寫。汪曾祺寫別人的愛情可以這樣寫，寫明海和小英子卻不可以。為什麼？明子和小英子的愛情很唯美、很單純。說到這裡就弔詭了，單純的愛情因為不牽扯社會內容，它就比較原始，原始的情感恰恰就肉欲。肉欲可以極髒，也可以極乾淨，這完全取決於作家。〈受戒〉的第二部分其實是肉欲的，回憶一下，汪曾祺描寫過小英子和明子的腳，很肉欲的。——問題是，把肉欲放在哪裡寫比較好呢？廟宇還是大自然？當然是大自然。所以，小和尚的故事一定要出現在世俗生活裡頭。這些都是寫小說特別關鍵的地方。有人說，小說只有好與不好，沒有對與不對，這句話當然對。但是，對於高水平的作家來說，判斷失誤就是不對。汪曾祺不可能犯這樣低級的錯誤。也許有同學要這樣問我，畢老師，你不要騙我，我就要把他們的肉欲放在廟裡頭來寫，能不能？我的回答是，能。但是，那一定是另外的一篇小說，價值趨向會有所不同。〈受戒〉一定不能那樣寫。

我再來問一個問題，還是關於結構的。就在明海和小英子的情感開始升溫的時候，汪曾祺靜悄悄地又為小說安排了怎樣的一條線索？

對，明海的受戒。受戒與愛情是什麼關係？是矛盾的關係，是衝突的關係，是不可調和的關係。小說到了這個地方，戲劇衝突開始凸顯，一個尖銳的矛盾業已存在於小說的內部。它有可能牽扯到命運、道德、宗教教義、社會輿情等重大的社會問題，也有可能牽扯到掙扎、焦慮、抗爭、欲罷不能、生與死等重大的內心積壓。事實上，這正是文學或者小說時常面對的一個題材，種種跡象表明，一場悲劇即將上演。

四　鬧

小說終於來到了它的第三個部分了。戲劇衝突出現了嗎？悲劇上演了嗎？沒有。一點影子都沒有。

我們還是來看文本吧。這時的明子已經受戒了，小英子划船接他回去：

划了一氣，小英子說：「你不要當方丈。」

「好，不當。」

「你也不要當沙彌尾！」

「好，不當。」

又划了一氣，看見那一片蘆葦蕩子了。

小英子忽然把槳放下，走到船尾，趴在明子的耳朵旁，小聲地說：

「我給你當老婆，你要不要？」

明子眼睛鼓得大大的。

「你說話呀！」

明子說：「嗯。」

「什麼叫『嗯』呀，要不要，要不要？」

明子大聲地說：「要——！」

然後呢？然後兩個年輕人興沖沖地划船，把小船划進了蘆花蕩，也就是水面上的「高粱地」。再然後他們就有了愛的行為，「驚起一隻青樁（一種水鳥），擦著蘆葦，噗嚕嚕飛遠了」。

這個結尾太美了，近乎詩。正如我們的古人所說的那樣，言已盡而意無窮。這正是汪曾祺所擅長的。

我還是要問，這一段文字裡究竟有沒有衝突？其實是有的。那就是受戒與破戒。

我先前已經說了，汪曾祺不在意所謂的重大題材，他沒興趣，他也寫不動。他有他頑固的文學訴求，那就是生活的基本面。在汪曾祺看來，這個基本面才是文學最為要緊的重大題材。具體一點說，那就是日常，那就是飲食男女。落實到〈受戒〉這篇小說，他的基本面就一個字，愛。這是人性的剛性需求，任何宏大的理由和歷史境遇都不可阻攔。你要是想阻擋我，那我就一定要突破你。但是，這種突破不是魯迅式的，它沒有爆破，不是「我以我血薦軒轅」，它是沈從文式的，當然也是汪曾祺式的，它是綿軟的、低調的，它的基本器械與工具就是美。落實到小說的文本上，那就是兩條：一、輕逸；二、唯美。汪曾祺寫小說通常不做剛性處理，相反，他所做的是柔性處理。柔性處理就是小說不構成勢能，也就是無情節。汪曾祺的小說很有意思的，他很講究結構，卻沒有情節。他不需要勢能，還要情節幹什麼呢？說汪曾祺的小說是「散文化」的小說，「汪味小說」，原因就在這裡。他根本不需要情節。

那麼，汪曾祺的輕逸與唯美是如何完成的呢？在〈受戒〉的第三章，汪曾祺不只是描寫了少年，他還選擇了一個獨特的視角，那就是少年視角，我也可以發明一個概念，叫「準童年視角」。這樣的視角可以最大限度地呈現少年的懵懂與少年的無知。這樣的寫法有一個好處，它成全了美；這樣的寫法也有一個壞處，它規避了理性。但我想說的是，撇開好與不好，懵懂與無知很不好寫，這裡的分寸感非常難把握。稍不留神你就寫砸了。我們來具體地看一看，汪曾祺是如何極有分寸地完成他的「破戒」的。

第一，小英子問，我給你當老婆你要不要，明子回答說要。這個「要」就是「破戒」。它可是一個強音。但是，就小說自身的節奏而言，最強音，或者說最驚心動魄的，不是明子的回答，而是小英子的問題，是「我給你當老婆，你要不要」。這句話在小說裡頭是石破天驚的。汪曾祺的文字極為散淡，他不喜歡衝突，他也就不喜歡強度。可是，這個地方需要衝突，也需要強度。汪曾祺如果這樣寫，「哥，人家心裡頭可亂了」。或者這樣寫，「哥，你怎麼也不敢看著我？」這樣寫可以嗎？不可以。輕佻，強度不夠，遠遠不夠。在這個地方作者一定要一竿子插到底，直接就是「我給你當老婆」，還要反問一句，你要不要！在這個地方，絕不能搞曖昧、絕不能玩含蓄、絕不能留有任何餘地。為什麼？留有餘地小英子就不夠直接、不夠冒失，也就是不夠懵懂、不夠單純。這就是「準童年視角」的好處。一旦小英子這個人物不單純，小說的況味反而不乾淨。這是要害。大家可以想一想，如果這個地方小英子太老到、太矜持，太會盤算、太有心機、小英子這個鄉村少女的表達就不再是表達，而是勾引。這個區別是巨大的。一旦勾引了，小英子將不再是小英子，她就成了《紅樓夢》裡的妙玉，〈受戒〉立馬就會變成妙玉的內衣，那就不乾淨了。「欲潔何曾潔？」這是汪曾祺不能容忍的。他必須保證〈受戒〉的高純度和剔透感。我要說，這一部分純淨極了，十分地乾淨，近乎通透。通透是需要作家的心境的，同時也需要作家手上的功夫。汪曾祺有一個很大的本領，他描寫的對象可以七葷八素、不乾不淨，但是，他能寫得又乾淨又透明，好本領。

在這個地方我很想和大家談談古希臘的雕塑，古希臘雕塑的質地是什麼？是石頭。石頭透明麼？當然不透明。可是，你去羅浮宮看看那尊「勝利女神」，你的目光能透過石頭，能透過女神身上的紡織品，直接可以看到女神的腹部，她的肌膚，甚至還有她的肚臍。女神聖潔，卻彌漫著女人的性感。這是標準的古希臘精神，人性即神性，神性即人性，它們高度地契合。莎士比亞說，人是「萬物的靈長」，注意，他這是第二次、而不是第一次把人放到了神的高度。這就叫「文藝復興」，這才叫「復興」，也就是RENAISSANCE 裡的「RE」。可以說，如果大理石不透明，人性和神性就割斷了，神的號召力、感染力和親和力就會大幅度地降低。我不想誇張，我在「勝利女神」面前站立過無數次，總共加起來也許都不止十個小時。——是什麼吸引我？是大理石的透明！透明好哇，它透明了，我就能看見我想看而不敢看的東西了。可大理石為什麼就能透明呢？這就是藝術神奇的力量。我沒有說汪曾祺的小說抵達了古希臘雕塑的高度，這句話我不認，我也沒有那個意思，但是，汪曾祺有能力讓小說的語言透明，這話我可以說。

第二，在描寫少女單純的同時，我們一定要記住，單純就是單純，不是弱智，更不是二百五。汪曾祺不能把小英子寫成一個傻逼。如果她是傻逼，小說的味道又變了。老實說，「我給你當老婆」這句話的強度極大，是孟浪的，如何讓孟浪不浪蕩，這個又很講究。汪曾祺是怎麼做的？當然是鋪墊。小說的鋪墊是極其重要的一個技術，同學們一定要注意。那麼，汪曾祺是如何鋪墊的呢？A，小英子聰明，她知道廟裡的仁海是有老婆，她也知道方丈不能有老婆，所以，她的第一句話就是「你不要當方丈」。B，從小說內部的邏輯來看，小英子還知道一點廟宇的常識，她知道沙彌尾是方丈的後備幹部，所以，小英子的第二句話必須是「你也不要當沙彌尾」。有了A和B這個兩頭堵，「我給你當老婆」就不只是有強度，不只是孟浪，也還有聰明，也還有可愛。是少女特有的那種可愛，自作聰明。要知道，汪曾祺寫〈受戒〉的時候已經是一個老男人了，這個老男人把少女寫得那麼好，汪曾祺也可愛。他有一顆不老的心，風流，卻一點也不下流。我再說一遍，汪曾祺是用來愛的，不是用來學的。

綜合上面的兩點，這就是分寸，這就是小說的分寸。小說的分寸感極其不好把握，它同樣需要作家的直覺。可以說，汪曾祺其實是懷著一腔的少年心甚至是童心來寫這一段文字的，這一段文字充滿了童趣，近乎透明了。透明總是輕盈的，這才輕逸，這才唯美。

但是，有一點我也想強調，我們是讀者，我們可不是懵懂的少女，我們都知道一件事，——明海將來做不做方丈、做不做沙彌尾，小英子的決定不算數，明海的回答也不算數。小英子能不能給明海「當老婆」呢？天知道。也許天都不知道。從這個意義上來說，〈受戒〉這篇小說依然是一個悲劇。它不是蕩氣迴腸的大悲劇，它是一個輕逸的、唯美的、詩意的、令人唏噓的小悲劇。小說早就結束了，可是，小說留給我們的，不只是鳥類歡快的飛翔，還有傷感的天空，它無邊無際。

從這個意義上說，汪曾祺也是注定了寫不了長篇小說的，即使他寫了，好不到哪裡去。這也是局限，氣質的局限，理性能力的局限。你不能指望風流倜儻的文人擁有鋼鐵一般的神經和理性能力，尤其是踐行的能力，那是不公平的。他是短篇小說大師，他延續了香火，這兩條足夠讓我們尊敬。

關於短篇小說，我再說兩句。短篇小說都短，它的篇幅就是合圍而成的家庭小圍牆：第一，它講究的是「一枝紅杏出牆來」，你必須保證紅杏能「出牆」；第二，更高一級的要求是，它講究的是「紅杏枝頭春意鬧」，你必須保證紅杏它會「鬧」。王國維說，著一「鬧」字，意境全出矣。是的，對詩歌來說，一個「鬧」字就全有了，借用韓東的說法，「詩歌到語言為止」，這是一個傑出的詩人才有的傑出體驗。但是，對短篇小說而言，你需要把這個「鬧」字還原成生活的現場，還原成現場裡的人物，還原成人物與人物之間的關係。小英子和明海就特別地鬧，鬧死了，這兩個孩子在我的心裡都鬧了幾十年了，還在鬧。詩歌到語言為止，從這個意義上說，短篇小說是對詩歌的降低，可是，從另外的一個意義上說，你也可以把它理解成短篇小說是對詩歌的提升，——這取決於你的文學素養，這取決於你的文學才華，這取決於你對自己的要求有多高。

二〇一六年五月二十五日於浙江大學

〔附錄〕

我讀《時間簡史》

在經典廣義相對論中，因為所有已知的科學定律在大爆炸奇點處失敗，人們不能預言宇宙是如何開始的。宇宙可以從一個非常光滑和有序的狀態開始。這就會導致正如我們所觀察到的、定義很好的熱力學和宇宙學的時間箭頭。但是，它可以同樣合理地從一個非常波浪起伏的無序狀態開始。那種情況下，宇宙已經處於一種完全無序的狀態，所以無序度不會隨時間而增加。或者它保持常數，這時就沒有定義很好的熱力學時間箭頭；或者它會減小，這時熱力學時間箭頭就會和宇宙學時間箭頭相反。

——霍金《時間簡史》第九章〈時間箭頭〉

我一點也不懷疑專業人士可以讀懂這樣的論述，可是，我讀不懂。因為讀不懂，我反而喜歡這樣的語言。我不知道這樣的閱讀心理是不是健康，——就一般的情況而言，一個人去讀他完全讀不懂的東西多多少少有一點自虐，很變態。可我依然要說，我並不自虐，也不變態。因為我知道，喜愛讀《時間簡史》的人是海量的，——在西方尤其是這樣。我和許多人討論過這本書，有一句話我問得特別多：「你讀得懂嗎？」得到的回答令人欣慰：「讀不懂。」我很喜歡這個回答，直截了當。迄今為止，我還沒有遇上能夠讀懂《時間簡史》的人，可我並沒有做這樣的詢問：「讀不懂你為什麼還要讀？」因為我知道，這樣問很愚蠢。

讀讀不懂的書不愚蠢，回避讀不懂的書才愚蠢。

《時間簡史》這本書我讀過許多遍，沒有一次有收穫。每一次讀《時間簡史》我都覺得自己在旅遊，在西藏，或者在新疆。窗外就是雪山，雪峰皚皚，陡峭、聖潔，離我非常遠。我清楚地知道，我這輩子都不可能登上去。但是，浪漫一點說，我為什麼一定要登上去呢？再浪漫一點說，隔著窗戶，遠遠地望著它們「在那兒」，這不是很好麼？

那一年的四月，我去了一趟新疆，隔著天池，我見到了群峰背後的博斯騰峰。它雪白雪白的，在陽光的照耀下，散發出結晶體才有的炫目的反光。天上沒有雲，博斯騰峰徹底失去了參照，它的白和它的靜讓我很難平靜。我就那麼望著它，彷彿洞穿了史前。在那個剎那，我認準了我是世界上最圓滿的人，唯一的遺憾是我不是石頭，——可這又有什麼可以遺憾的呢？我不是石頭，我沒有站在天池的彼岸，這很好的。當然，我流了一滴小小的眼淚。無緣無故的幸福就這樣鋪滿了我的心房。

和霍金相比，愛因斯坦更像一個小說家。我喜歡他。許多人問愛因斯坦，相對論到底是什麼？和許許多多偉大的人物一樣，愛因斯坦是耐心的。每一次，愛因斯坦都要不厭其煩地解釋他的相對論。但是，情況並不妙，權威的說法是，在當時，可以理解相對論的人「全世界不會超過五個」，懷疑愛因斯坦的人也不是沒有。最為弔詭的一件事是這樣的，一九〇五年，《論動體的電動力學》的編輯其實也沒能看懂。天才的力量就在這裡：看不懂又有什麼關係呢？既然看不懂，那就發表出來給看得懂的人看唄，哪怕只有五個。

人類的文明史上最偉大的一次見面就這樣發生了：愛因斯坦，還有居里夫人，——兩座白雪皚皚的、散發著晶體反光的雪峰走到一起了。他們是在一個亭子裡見面的。《愛因斯坦傳》記錄了兩座雪峰的見面。根據在場的人回憶，他們的交談用的是德語。所有在場的人都精通德語，但是，沒有一個通曉德語的人能聽明白愛因斯坦和居里夫人「說的是什麼」。是的，他們只是說了一些語言。

然而，在普林斯頓，愛因斯坦這樣給年輕的大學生解釋了相對論——一列火車，無論它有多快，它也追不上光的速度。因為火車越快，它自身的質量就越大，阻力也就越大。火車的質量會伴隨火車速度的變化而變化。火車的質量是相對的，它不可能趕上光。（大意）

當我在一本書裡讀到這段話的時候，我高興得不知所以，就差抓耳撓腮了。我居然「聽懂」相對論了。這是我創造的一個奇蹟。但是，我立即就冷靜下來了，我並沒有創造奇蹟。理性一點說，愛因斯坦的這番話一頭驢都能聽得懂。我只能說，在愛因斯坦用火車這個意象去描繪相對論的時候，他是這個世界上最偉大的詩人。在那個剎那，愛因斯坦和歌德是同一個人，也許，從根本上說，他們本來就如同一個人。他們之所以是兩個人那是上帝和我們開了一個小小的玩笑，——上帝給了我們兩隻瞳孔。上帝在我們的一隻瞳孔裡裝著歌德，另一隻瞳孔裡卻裝著愛因斯坦。一個玩笑，而已。

但問題是，只有在愛因斯坦誕生了相對論這個偉大思想的時候，他的眼前才會出現一列「追趕光的火車」，在愛因斯坦還沒有誕生相對論這個偉大的思想之前，他最多只能算一個土鱉版的馬雅可夫斯基——

火車
你是光
在奔向太陽——
你列席了宇宙最為重要的
一次會議
你拚命鼓掌

我沒有讀過〈關於光的產生和轉化的一個試探性觀點〉、〈分子大小的新測定方法〉、〈熱的分子運動所要求的靜液體中懸浮粒子的運動〉、〈物體的慣性同它所含的能量有關嗎？〉。不，我不會去讀這些。再自虐、再變態我也不會去讀它們。可話也不能說死了，說不定哪一天我也會讀的。

該說一說畢卡索，我那位西班牙本家了。畢卡索幾乎就是一個瘋子。他瘋到什麼地步了呢？在晚年，他說他自己就是「一個騙子」，他說自己根本就沒有繪畫的才能，他所有的作品都是「胡來」；所謂的「立體派」，壓根就是一個不存在的東西。全世界都被他「騙了」。

我不知道畢卡索是不是「騙子」，我更不知道他為什麼要說自己是「騙子」。但是，有一點我是有把握的，畢卡索不是一個瘋子。他在晚年說出那樣的話也許有他特殊的失望，或者說，特殊的憤怒。千萬別以為得到全世界的「認可」他就不會失望、他就不會憤怒。「認可」有時候是災難性的。——你將不再是你，你只是那個被「認可」的你。「認可」也會殺人的。它會給天才帶來毀滅性的絕望。

畢卡索有一個特殊的喜好，他愛讀愛因斯坦。畢卡索說——

「當我讀愛因斯坦寫的一本物理書時，我啥也沒弄明白，不過沒關係：它讓我明白了別的東西。」

說這句話的人不可能是瘋子，至少，他在說這句話的時候沒有瘋，我估計，他的魂被上帝吹了一口氣，晃了那麼一下。

——明白了別的東西？實在是太棒了。

無論是愛因斯坦或者霍金，他們的領域太特殊了。相對於我們這些芸芸眾生而言，他們面對的是一個過於獨特的世界。問題是，他們的資質與才華唯有天才可比擬，他們的思想深不可測。然而，無論怎樣地深不可測，他們到底還是把他們的思想「表達」出來了。思想和表達只能是一對孿生的兄弟，最為獨特的思想一定會導致最為獨特的表達，我估計，畢卡索一定是給愛因斯坦獨特的「表達方式」給迷住了。有時候，「懂」和「不懂」是一個實實在在的問題，來不得半點的含糊；而另一些時候，「懂」和「不懂」根本就不是一個問題。一個來自中國鄉村的賣大蔥的大媽、一個來自中國鄉村的修自行車的大叔，完全可以因為義大利歌劇的美妙而神魂顛倒。他們不可以神魂顛倒麼？當然可以。神和魂就是用來顛倒的。

我就是那個來自中國鄉村的、上午賣大蔥、下午修自行車、晚上寫小說的飛宇大叔。

我喜歡讀《時間簡史》哪裡是求知？哪裡是對理論物理感興趣，我喜歡的只是那些稀奇古怪的語言。語言是這個世界上最為特殊的魔方，所有的奧妙就在於語詞與語詞之間的組合。它是千變萬化的和光怪陸離的。

一種語詞與一種語詞構成了政治；

一種語詞與一種語詞構成了文學；

一種語詞與一種語詞構成了經濟；

一種語詞與一種語詞構成了軍事；

一種語詞與一種語詞構成了幸福；

一種語詞與一種語詞構成了災難；

一種語詞與一種語詞構成了愛情；

一種語詞與一種語詞構成了詛咒；

一種語詞與一種語詞構成了濫觴；

一種語詞與一種語詞構成了最終的宣判。

是語詞讓整個世界分類了，完整了。是語詞讓世界清晰了、混沌了。語詞構成了本質，同時也無情地銷毀了本質。語詞是此岸，語詞才真的是彼岸。語詞像黃豆那樣可以一顆一顆撿起來，語詞也是陰影，撒得一地，你卻無能為力。語詞比情人的肚臍更安全，語詞比鯊魚的牙齒更恐怖。語詞是堆積，語詞是消融。語詞陽光燦爛，語詞深不見底。語詞是奴僕，語詞是暴君。

心平氣和吧，我們離不開語詞。我們離不開語詞與語詞的組合，那是命中注定的組合。

是的，畢卡索說得多好啊，如果你喜歡讀愛因斯坦，你會「明白別的東西」。事實上，閱讀最大的魅力就在這裡，——我是乞丐，我向你索取一碗米飯，你給了我一張笑臉或一張電影票，仁慈的，你是慷慨的。我接受你的笑，接受你的票，並向你鞠躬致謝。

我真的不自虐。正如我喜愛文學的語言一樣，我也喜愛科學的語言。科學的語言在我的眼裡始終散發著鬼魅般的光芒，它的組合方式構成了我的巨大障礙，可是，這又有什麼關係呢？它的背後隱藏著求真的渴望，它的語法結構裡有上帝模糊的背影。

自從我知道相對論是一列「追趕光的火車」之後，科學論文在我的眼裡就不再是論文，它們是小說。小說，哈，多麼糟糕的閱讀，多麼底下的智商，多麼荒謬的認知。然而，天才的科學論文是小說，這是真的。

愛因斯坦告訴我們，「空間—時間」並不是一個平面，它是「有弧度」的，「彎曲」的。他這麼一說我就明白了，「時間—空間」其實就是一張阿拉伯飛毯，因為翱翔，它的角「翹起來」了。我們就生活在四只角都翹起來的那個飛毯裡頭，軟綿綿的，四周都是雲。這可比坐飛機有意思多了。我要說，「時間—空間」真他媽的性感，都翹起來了。

在我還是一個少年的時候，一本科學圖書告訴我：宇宙在時間上是無始無終的；在空間上是無邊無際的。這是多麼無聊的表述。但是，不管怎麼說，宇宙的兩大要素是確定了的，第一，時間，第二，空間。作為一個人，我要說，人類所有的快樂與悲傷都和時間和空間的限度有關。我要住更大的房子，我要開更快的汽車，我要活更長的壽命。是的，都渴望自己在時間和空間這兩個維度上獲得更大的份額。

顧拜旦（Pierre de Coubertin）是了不起的。是他建立了現代奧林匹克。我要說，現代奧林匹克的精神滿足的不是人類的正面情感，相反，是負面的。它滿足的是我們的貪婪。現代奧林匹克的精神在本質上其實就是兩條：第一，爭奪更多的空間；第二，用最短的時間去爭奪最大的空間。現代奧林匹克的精神偉大就偉大在這裡，它把貪婪合法化了、遊戲化了。它不是滅絕貪婪，而是給貪婪「以出路」、「上規矩」，也就是制定遊戲的規則。

於是，貪婪體面了，貪婪文明了，貪婪帶上了觀賞性。最關鍵的是，現代奧林匹克有效地規避了貪婪所帶來的流血、陰謀、禁錮和殺戮。它甚至可以讓爭奪的雙方變成永恒的朋友。

看看所謂的「世界紀錄」吧，它不是空間上的數據就是時間上的數據。而那些既不能爭奪時間也不能爭奪空間的項目就更有意思了，它們會把你限定在假設的時間與空間裡頭。就這麼多的時間、就這麼大的空間，很公平。你們玩吧，最能夠利用時間或最能夠利用空間的人最終都會變成所謂的「贏家」。我想說的是，這個被爭奪的時間與空間其實是虛擬的，這一點很關鍵，它不涉及你神聖的、不可侵犯的房屋、私人領地；不涉及你妻子、你女兒神聖的、不可侵犯的腹部。所以，兄弟們、姊妹們，來吧，來到現代奧林匹克的旗幟下，打吧，好好打！使勁打！更高，更快，更強。

在我還是一個鄉村兒童的時候，家裡一貧如洗。可是，有一件事情卻奇怪了，我的母親有一塊瑞士手錶，叫「英納格」。方圓幾十里之內，那是唯一的。不是唯一的「英納格」，是唯一的手錶。我愛極了那塊「英納格」，它小小的、圓圓的，散發出極其高級的光芒。「英納格」，它神奇而又古怪的名字完全可以和「英特納雄耐爾」相媲美。因為這塊錶，我崇拜我的母親。任何人，只要他想知道時間，得到的建議只能是這樣的：「去找陳老師。」沒有任何人可以質疑我的母親，我母親口吻客氣而又平淡，其實是不容置疑，這讓一個做兒子的倍感幸福。——沒有人知道什麼是時間，沒有人知道時間在哪裡，我母親知道，就在她的手腕上。我的母親是通天的。

在我的童年我就肯定了一件事，時間是手錶內部的一個存在。這存在祕不示人，它類似於「上級的精神」，需要保密。手錶的外殼可以證明這一點，它是鋼鐵，堅不可摧。好奇心一直在鼓動我，我一直渴望著能把那只叫「英納格」的手錶打開來。我知道的，「時間」就在裡頭，鄉村孩子的想像奇特而又乾癟，時間像蛋黃麼？像葵花籽麼？像核桃仁麼？我這樣想是合情合理的，因為我不知道手錶的本質在它的表面，我一廂情願地認定了手錶的本質在它的內核。——用我的手指頭打開「英格納」，這成了我童年的噩夢。我努力了一回又一回。我的手指頭悲壯了，動不動就鮮血淋漓，它們卻前赴後繼。然而，我沒有成功過哪怕一次。等我可以和我的母親「對話」的時候，母親告訴我，手錶的內部並沒有意義，就是零件，最重要的是玻璃罩著的那個「錶面」。長針轉一圈等於一分鐘，短針走「一格」等於五分鐘。我母親的「時間教育」是有效的，我知道了，時間其實不是時間，它是空間。它被分成了許多「格」。這個世界根本就沒有什麼時間，所謂的時間，就是被一巴掌拍扁了的湯圓。

不幸的事情終於在我讀高中的時候發生了。——消息說，一個同學從他的香港親戚那裡得到了一塊電子錶。這是振奮人心的消息。求知欲讓我跑了起來，我知道「英納格」也就是機械的表達方式，我當然希望知道「電子」——這種無比高級的東西——是如何表達的。拿過電子錶，一看，電子錶的中央有一個屏幕，裡頭就是一組墨綠色的阿拉伯數字。我吃了一驚。我再也沒有想到時間還有這樣的一種直接的方式，就是阿拉伯數。我在吃驚之餘受到了巨大的打擊。——「電子」怎麼可以這樣呢？一點難度都沒有。多麼粗俗！多麼露骨！多麼低級趣味！時間，一個多麼玄奧多麼深邃的東西，居然用阿拉伯數字給直通通地說出來了。這和阿Q對吳媽說「我要和你睏覺」有什麼兩樣！我對「電子」失望極了。

但是，這個世界不只有壞事，也有好事。同樣是在高中階段，在一個星期天的下午，我在興化五日大樓的百貨商場裡頭閒逛。我在櫃檯裡頭意外地發現了一款手錶。它不是圓的，是長方的。這個造型上的變化驚為天人了。我驚詫，同時也驚喜。上帝啊，在圓形之外，時間居然還有這樣一種不可思議的表達方式。誰能想到呢？時間是方的，這太嚇人了。——這怎麼可能？可是，這為什麼就不可能？我被這塊長方形的手錶感動了好幾天，到處宣揚我在星期天下午的偉大發現，「你知道嗎，手錶也可以是方的」。

我人生的第一次誤機是在香港機場。那是上個世紀的九〇年代。香港機場的某一個候機大廳裡有一塊特殊的手錶，非常大。但這塊手錶的特殊完全不在它的大，而是它只有機芯，沒有機殼。這是我第一次真正地、完整地目睹「時間」在運行，我在剎那之間就想起了我童年的噩夢。那塊透明的「大手錶」是由無數的齒輪構成的，每一個齒輪都是一顆光芒四射的太陽。它們在動。有些動得快些，有些動得慢些。我終於發現了，時間其實是一根綿軟的麵條，它在齒輪的切點上，由這一個齒輪交遞給下一個齒輪。它是有起點的，當然也有它的終點。我還是老老實實承認了吧，這個時候我已經是一個三十多歲的人了，我像一個白痴，傻乎乎的，就這樣站在透明的機芯面前。我無法形容我內心的喜悅，太感人了，我為此錯過了我的航班。這是多麼弔詭的一件事：手錶是告訴我們時間的，我一直在看，偏偏把時間忘了。是的，我從頭到尾都在「閱讀」那塊碩大的「手錶」，最終得到的卻是「別的」。

回到《時間簡史》。我不知道別人是如何閱讀《時間簡史》的，在我，那是一種非常獨特的體驗，——我讀得極其慢，有時候，為了一頁，我會消耗幾十分鐘。我知道，這樣的閱讀不可能有所收穫，但是，它依然是必須的。難度會帶來特殊的快感，這快感首先是一種調動，你被「調動」起來了。我想這樣說，一個人所謂的精神歷練，一定和難度閱讀有著千絲萬縷的聯繫。一個沒有經歷過難度閱讀的人，很難得到「別的」快樂。我甚至願意這樣說，回避難度閱讀的人，你很難指望，雖然難度閱讀實在也不能給我們什麼。

二〇一五年四月九日於南京龍江

〔附錄〕

貨真價實的古典主義

——讀哈代《黛絲姑娘》

閱讀是必須的，但我不想讀太多的書了，最主要的原因還是這年頭的書太多。讀得快，忘得更快，這樣的遊戲還有什麼意思？我調整了一下我的心態，決定回頭，再一次做學生。——我的意思是，用「做學生」的心態去面對自己想讀的書。大概從前年開始，我每年只讀有限的幾本書，慢慢地讀，盡我的可能把它讀透。我不想自誇，但我還是要說，在讀小說方面，我已經是一個相當有能力的讀者了。利用《推拿》做宣傳的機會，我對記者說出了這樣的話：「一本書，四十歲之前讀和四十歲之後讀是不一樣的，它幾乎就不是同一本書。」話說到這裡也許就明白了，這幾年我一直在讀舊書，也就是文學史上所公認的那些經典。那些書我在年輕的時候讀過。——我熱愛年輕，年輕什麼都好，只有一件事不靠譜，那就是讀小說。

我在年輕的時候無限痴迷小說裡的一件事，那就是小說裡的愛情，主要是性。既然痴迷於愛情與性，我讀小說的時候就只能跳著讀，我猜想我的閱讀方式和劉翔先生的奔跑動作有點類似，跑幾步就要做一次大幅度的跳躍。正如青蛙知道哪裡有蟲子——蛇知道哪裡有青蛙——獴知道哪裡有蛇——狼知道哪裡有獴一樣，年輕人知道哪裡有愛情。我們的古人說：「書中自有顏如玉」，它概括的就是年輕人的閱讀。回過頭來看，我在年輕時讀過的那些書到底能不能算作「讀過」，骨子裡是可疑的。每一部小說都是一座迷宮，迷宮裡必然有許多交叉的小徑，即使迷路，年輕人也會選擇最為香豔的那一條：哪裡有花蕊吐芳，哪裡有蝴蝶翻飛，年輕人就往哪裡跑，然後，自豪地告訴朋友們，——我從某某迷宮裡出來啦！

出來了麼？未必。他只是把書扔了，他只是不知道自己錯過了什麼。

《黛絲姑娘》（*Tess of the D'Urbervilles*）是我年輕時最喜愛的作品之一，嚴格地說，小說只寫了三個人物：一個天使，克萊爾；一個魔鬼，沒落的公子哥德伯維爾；在天使與魔鬼之間，夾雜著一個美麗的，卻又是無知的女子，黛絲。這個構架足以吸引人了，它擁有了小說的一切可能。我們可以把《黛絲姑娘》理解成英國版的，或者說資產階級版的《白毛女》：克萊爾、德伯維爾、黛絲就是大春、黃世仁和喜兒。故事的脈絡似乎只能是這樣：喜兒愛戀著大春，但黃世仁卻霸占了喜兒，大春出走（參軍），喜兒變成了白毛女，黃世仁被殺，白毛女重新回到了喜兒。——後來的批評家們是這樣概括《白毛女》的：舊社會使人變成鬼，新社會使鬼變成人。這個概括好，它不僅抓住了故事的全部，也使故事上升到了激動人心的「高度」。

多麼激動人心啊，舊社會使人變成鬼，新社會使鬼變成人。我在芭蕾舞劇《白毛女》中看到了重新做人的喜兒，她繃直了雙腿，在半空中一連劈了好幾個叉，那是心花怒放的姿態，感人至深。然後呢？然後當然是「劇終」。

但是，「高度」是多麼令人遺憾，有一個「八卦」的、婆婆媽媽的，卻又是必然的問題《白毛女》輕而易舉地回避了：喜兒和大春最後怎麼了？他們到底好了沒有？喜兒還能不能在大春的面前劈叉？大春面對喜兒劈叉的大腿，究竟會是一個什麼樣的男人？

新社會把鬼變成了人。是「人」就必然會有「人」的問題，這個問題不在「高處」，不在天上，它在地上。關於「人」的問題，有的人會選擇回避，有的人卻選擇面對。

《黛絲姑娘》之所以不是英國版的、資產階級版的《白毛女》，說白了，哈代（Thomas Hardy）選擇了面對。哈代不肯把小說當作魔術：它沒有讓人變成鬼，也沒有讓鬼變成人，——它一上來就抓住了人的「問題」，從頭到尾。

人的什麼問題？人的忠誠，人的罪惡，人的寬恕。

我要說，僅僅是人的忠誠、人的罪惡、人的寬恕依然是淺表的，人的忠誠、罪惡和寬恕如果不涉及生存的壓力，它僅僅就是一個「高級」的問題，而不是一個「低級」的問題。對藝術家來說，只有「低級」的問題才是大問題，道理很簡單，「高級」的問題是留給偉人的，偉人很少。「低級」的問題則屬我們「芸芸眾生」，它是普世的，我們每一個人都無法繞過去，這裡頭甚至也包括偉人。黛絲的壓力是錢。和喜兒一樣，和劉姥姥一樣，和拉斯蒂尼一樣，和德米特里一樣。為了錢，黛絲要走親戚，故事開始了，由此不可收拾。

黛絲在出場的時候其實就是《紅樓夢》裡的劉姥姥，這個美麗的、單純的、「悶騷」的「劉姥姥」到榮國府「打秋風」去了。「打秋風」向來不容易。我現在就要說到《紅樓夢》裡去了，我認為我們的「紅學家」對劉姥姥這個人的關注是不夠的，我以為劉姥姥這個形象是《紅樓夢》最成功的形象之一。「黃學家」可以忽視她，「綠學家」也可以忽視她，但是，「紅學家」不應該。劉姥姥是一個智者，除了對「大秤砣」這樣的高科技產品有所隔閡，她一直是一個明白人，所謂明白人，就是她了解一切人情世故。劉姥姥不只是一個明白人，她還是一個有尊嚴的人，——《紅樓夢》裡反反覆覆地寫她老人家拽板兒衣服的「下襬」，強調的正是她老人家的體面。就是這樣一個明白人和體面人，為了把錢弄到手，她唯一能做的事情是什麼？是糟蹋自己。她在太太小姐們（其實是一幫孩子）面前全力以赴地裝瘋賣傻，為了什麼？為了讓太太小姐們一樂。只有孩子們樂了，她的錢才能到手。因為有了「劉姥姥初進榮國府」，我想說，曹雪芹這個破落的文人就比許許多多的「柿油黨」擁有更加廣博的人心。

劉姥姥的傻是裝出來的，是演戲，黛絲的傻——我們在這裡叫單純——是真的。劉姥姥的裝傻令人心酸；而黛絲的真傻則教人心疼。現在的問題是，這個真傻的、年輕版的劉姥姥「失貞」了。對比一下黛絲和喜兒的「失貞」，我們立即可以得出這樣的判斷：喜兒的「失貞」是階級問題，作者要說的重點不是喜兒，而是黃世仁，也就是黃世仁的「壞」；黛絲的「失貞」卻是一個個人的問題，作者要考察的是黛絲的命運。這個命運我們可以用黛絲的一句話來做總結：「我原諒了你，你（克萊爾，也失貞了）為什麼就不能原諒我？」

是啊，都是「人」，都是上帝的「孩子」，「我」原諒了「你」，「你」為什麼就不能原諒「我」？問題究竟出在哪裡？上帝那裡，還是性別那裡？性格那裡，還是心地那裡？在哪裡呢？

二〇〇八年五月十日，我完成了《推拿》。三天之後，也就是五月十二日，汶川地震。因為地震，《推拿》的出版必須推遲，七月，我用了十多天的時間做了《推拿》的三稿。七月下旬，我拿起了《黛絲姑娘》，天天讀。即使在北京奧運會的日子裡，我也沒有放下它。我認準了我是第一次讀它，我沒有看劉翔先生跨欄，小說裡的每一個字我都不肯放過。謝天謝地，我覺得我能夠理解哈代了。在無數的深夜，我只有眼睛睜不開了才會放下《黛絲姑娘》。我迷上了它。我迷上了黛絲，迷上了德伯維爾，迷上了克萊爾。

事實上，克萊爾最終「寬恕」了黛絲。他為什麼要「寬恕」黛絲，老實說，哈代在這裡讓我失望。哈代讓克萊爾說了這樣的一句話：「這幾年我吃了許多苦。」這能說明什麼呢？「吃苦」可以使人寬容麼？這是書生氣的。如果說，《黛絲姑娘》有什麼軟肋的話，這裡就是了吧。如果是我來寫，我怎麼辦？老實說，我不知道。我的直覺是，克萊爾在「吃苦」的同時還會「做些」什麼。他的內心不只是出了「物理」上的轉換，而是有了「化學」上的反應。

——在現有的文本裡，我一直覺得殺死德伯維爾的不是黛絲，而是黛絲背後的克萊爾。我希望看到的是，殺死德伯維爾的不是黛絲背後的克萊爾，直接就是黛絲！

我說過，《黛絲姑娘》寫了三件事，忠誠、罪惡與寬恕。請給我一次狂妄的機會，我想說，要表達這三樣東西其實並不困難，真的不難。我可以打賭，一個普通的傳教士或大學教授可以把這幾個問題談得比哈代還要好。但是，小說家終究不是可有可無的，他的困難在於，小說家必須把傳教士的每一句話還原成「一個又一個日子」，足以讓每一個讀者去「過」——設身處地，或推己及人。這才是藝術的分內事，或者說，義務，或者乾脆就是責任。

在忠誠、罪惡和寬恕這幾個問題面前，哈代的重點放在了寬恕上。這是一項知難而上的舉動，這同時還是勇敢的舉動和感人至深的舉動。常識告訴我，無論是生活本身還是藝術上的展現，寬恕都是極其困難的。

我們可以做一個逆向的追尋：克萊爾的寬恕（雖然有遺憾）為什麼那麼感人？原因在於克萊爾不肯寬恕；克萊爾為什麼不肯寬恕？原因在於克萊爾受到了太重的傷害；克萊爾為什麼會受到太重的傷害？原因在於他對黛絲愛得太深；克萊爾為什麼對黛絲愛得那麼深？原因在於黛絲太迷人；黛絲怎麼個太迷人呢？問題到了這裡就進入了死胡同，唯一的解釋是：哈代的能力太出色，他「寫得」太好。

如果你有足夠的耐心，你從《黛絲姑娘》的第十六章開始讀起，一直讀到第三十三章，差不多是《黛絲姑娘》三分之一的篇幅。——這裡所描繪的是英國中部的鄉下，也就是奶場。就在這十七章裡頭，我們將看到哈代——作為一個偉大小說家——的全部祕密，這麼說吧，在我閱讀這個部分的過程中，我的書房裡始終洋溢著乾草、新鮮牛糞和新鮮牛奶的氣味。哈代事無鉅細，他耐著性子，一樣一樣地寫，黛絲如何去擠奶，黛絲如何把她的面龐貼在奶牛的腹部，黛絲如何笨拙、如何懷春、如何悶騷、如何不知所措。如此這般，黛絲的形象伴隨著她的勞動一點一點地建立起來了。

我想說的是，塑造人物其實是容易的，它有一個前提，你必須有能力寫出與他（她）

的身分相匹配的勞動。——為什麼我們當下的小說人物有問題，空洞，不可信，說到底，不是作家不會寫人，而是作家寫不了人物的勞動。不能描寫駕駛你就寫不好司機；不能描寫潛規則你就寫不好導演，不能描寫嫖娼你就寫不好足球運動員，就這樣。

哈代能寫好奶場，哈代能寫好奶牛，哈代能寫好擠奶，哈代能寫好做奶酪。誰在奶場？誰和奶牛在一起？誰在擠奶？誰在做奶酪？黛絲。這一來，閃閃發光的還能是誰呢？只能是黛絲。黛絲是一個動詞，一個「及物動詞」，而不是一個「不及物動詞」。所有的祕訣就在這裡。我見到了黛絲，我聞到了她馥郁的體氣，我知道她的心，我愛上了她，「想」她。畢飛宇深深地愛上了黛絲，克萊爾為什麼不？這就是小說的「邏輯」。

要厚重，要廣博，要大氣，要深邃，要有歷史感，要見到文化底蘊，要思想，——你可以像一個三十歲的少婦那樣不停地喊「要」，但是，如果你的小說不能在生活的層面「自然而然」地推進過去，你只有用你的手指去自慰。

《黛絲姑娘》之大是從小處來的。哈代要做的事情不是卯足了勁，不是把他的指頭握成拳頭，再托在下巴底下，目光凝視著四十五度的左前方，不是。哈代要做的事情僅僅是克制，按部就班。

必須承認，經歷過現代主義的洗禮，我現在迷戀的是古典主義的那一套。現代主義在意的是「有意味的形式」，古典主義講究的則是「可以感知的形式」。

二〇〇八年十二月二十四日，平安夜，這個物質癲狂的時刻，我已經有了足夠的「意味」，我多麼在意「可以感知的形式」。窗外沒有大雪，可我渴望得到一只紅襪子，紅襪子裡頭有我渴望的東西：一雙鞋墊，——純粹的、古典主義的手工品。它的一針一線都聯動著勞動者的呼吸，我能看見面料上的汗漬、淚痕、牙齒印以及風乾了的唾沫星。（如果）我得到了它，我一定心滿意足；我會在心底喟嘆：古典主義實在是貨真價實。

二〇〇八年八月於南京龍江

後記

這本書裡的大部分篇章都是二〇一五年《鍾山》上的專欄，這是我的第一個專欄。我懼怕專欄，那種倒數計時的日子我一天也不想過。二〇一四年的年底，我之所以答應《鍾山》的主編賈夢瑋，那是因為二〇一三年我去了南京大學了。我有了一些講稿，手裡有糧，心裡就不慌。

我要感謝南大，南京大學沒有逼著我上課，只要求我每學期開些講座。講座不是課堂，更不是課程，準備起來要容易得多。我的重點是文本分析，假設的對象卻是渴望寫作的年輕人。這個假設是什麼意思呢？其實就是分析的方法。分析有多種式樣，有美學的分析，有史學的分析，我所採取的是實踐的分析，換句話說，我就是想告訴年輕人，人家是怎麼做的，人家是如何把「事件」或「人物」提升到「好小說」那個高度的。老實說，我做實踐分析相對來說要順手一些，畢竟寫了那麼多年了，有些東西是感同身受的。

作品是作家寫的，一個人要成為一個作家，從「構成」這個角度來說到底需要哪些要素，這個也沒有固定的說法。「國際上」通行的說法是：性格、智商、直覺和邏輯。說到這裡我的話其實也就說明白了，我在講解小說的時候，大部分時候圍繞的就是作家四要素。它是不是合適？我不知道。我所知道的是，它也許比「時代背景」——「段落大意」——「中心思想」更接近小說。是的，我渴望年輕人更接近一些。拿著望遠鏡去閱讀小說，我們很可能什麼都看不見。

突然想起了一句話，「一千個讀者就有一千個哈姆雷特」。這句話好。「一千個」讀者不可能只有「一個」哈姆雷特。文學從不專制，它自由，開放，充滿了彈性。但是我也想強調，「億萬個」讀者同樣不可能有「億萬個」哈姆雷特。文學有它的標準和要求。我渴望我的這本書可以抵達文學的千分之一。

附帶著回答兩個問題：一、有人問，你的講稿為什麼只談短篇小說而很少涉及中長篇呢？這是由講座的特性決定了的。一次講座只有兩個小時，時間很短，我以為分析一篇短篇小說是合適的。二、也有人問，你怎麼就那麼囉唆？人家的小說只有一千多字，你怎麼能一口氣說上一萬多字的呢？這也是由講座的特性決定了的，一次講座有兩個小時，時間很長，我總不能說「這篇小說好，非常好」，然後就走人。

二〇一六年七月十七日於南京龍江

畢飛宇作品集 8

小說課

作者	畢飛宇
責任編輯	蔡佩錦
創辦人	蔡文甫
發行人	蔡澤玉
出版發行	九歌出版社有限公司 臺北市105八德路3段12巷57弄40號 電話／02-25776564・傳真／02-25789205 郵政劃撥／0112295-1
九歌文學網	www.chiuko.com.tw
印刷	晨捷印製股份有限公司
法律顧問	龍躍天律師・蕭雄淋律師・董安丹律師
初版	2017年 10月
定價	**300元**

書號	0111408
ISBN	978-986-450-141-0

（缺頁、破損或裝訂錯誤，請寄回本公司更換）

國家圖書館出版品預行編目資料

小說課 / 畢飛宇. -- 初版.--
臺北市：九歌, 2017.10
256面　；14.8×21公分. --（畢飛宇作品集；8）

ISBN 978-986-450-141-0（平裝）

1. 小說　2. 文學評論

812.7　　106012246